「っ、ぁ、……っぁ、あ……あ……っ」

指の動きに合わせて、快感が次々と身体の芯まで駆け抜けた。

漏れる声は、自分のものとは思えないぐらいに甘かった。

「ここ、気持ちいい？　いやではない？」

消え入りそうになりながらも、
アンネリーゼは小さくうなずいた。

憧れの王子に求婚されたので、（バレないように）婚前蜜月はじめます!?

花菱ななみ

Vanilla文庫

contents

憧れの王子に求婚されたので、バレないように婚前蜜月はじめます!?

イラスト／八千代ハル

【一】

世界は五つの大きな大陸に分かれており、一番文化が発展していると自認しているのが、ガイア大陸の諸国だ。

その中でもエースタライヒ王国は、列強の一つと見なされていた。

国土こそ広くはないものの、産業は盛んで、王都は文化が花開く大都市だ。そこから発信された音楽やファッション、建築などの芸術が、周辺の国々に多大なる影響を及ぼす。

そのエースタライヒ王国を統べるのは、国名でもあるエースタライヒ家だった。

古代ローマの有力貴族の末裔《まつえい》と称し、政略結婚によって近隣諸国と強く結びついている。

何よりその宮殿は見事で、王都の一番奥まったところに堂々とそびえ立っていた。


――いつ見ても、壮大な階段室よね……！

宮殿の一角で、アンネリーゼ・オトマイアー男爵令嬢は感動に打ち震えていた。

父親はエースタライヒ王国屈指の建築家であり、名だたる貴族の邸宅や別荘の建築を依頼されてきた。そんなときにはアンネリーゼも地味な服に身を包んで、父の助手となるべくいそいそと建物探訪に出かけていくのだが、そのような邸宅と比べても、この宮殿は別格だ。

まずはとても大きい。今の二代前の国王が建てたものだが、国の財政が傾くほど建築費をかけただけあって、巨大な上にどこもかしこも手がこんでいる。

——宮殿には、国の威信がかかっているからね。

まずは見る者を圧倒し、国の勢いを思い知らせる。外交においては、そんなハッタリも大切だ。堂々たる建物は近隣諸国の外交官や使節団を圧倒するだけではなくて、国内の貴族をもひれ伏せさせるだけの威厳がある。

いつまでも見ていたい宮殿ではあったのだが、アンネリーゼは一介の男爵令嬢に過ぎないので、頻繁にここに足を運ぶことができないのが残念だった。

だが、今日は招待状を手に入れただけではなく、その奥の鏡の間に用事がある。だから、普段なら踏みこめないところまで入りこむことができたのだ。

——はー……。ここにずっといたいぐらいだわ。

豪華な内装に見とれながら、一段一段時間をかけて大階段を上がり終え、アンネリーゼはあらためてそこからの眺めを確認する。

階段上には双子柱が、斜めに配置されていた。その配置による二点透視的な見栄えと、かつての建築ではよく採用されていた一点透視的な見栄えとを比較し、二点透視は素晴らしいわ、と思いながら天井に視線を移す。

大面積の天井すべてを飾る絵画は格別に素晴らしく、それに魅入《みい》られて、首が痛くなるほどだった。

それから鏡の間に歩いていくまでの間にも、アンネリーゼにとっては見どころが山のようにあった。色大理石を多用しているのは、品位を感じさせるためだろう。ねじり柱に、建築の理想である古代ローマ風の彫刻を、これでもかと配置させている。

――いつでも父さまは、ため息とともに言うのよね。この宮殿が造られるのが、三十年遅ければばって。そうしたら、自分に依頼されていたからよ。だけど、父さまが頭角を現したときには、すでにここは完成に近づいていたから、建設に関わることはできなかった。

長い時間をかけて、アンネリーゼは鏡の間にたどり着いた。

足を踏み入れた広間は、その名の通り、鏡をふんだんに用いたロココ様式の傑作だ。アンネリーゼはその華やかさに、息を呑《の》んだ。

――最高だわ……！

鏡を多用しているから、空間的な広がりがすごい。

無数の鏡がこの広間に集う華やかな令嬢や青年貴族たちの姿を映し出し、金色の壁の装飾も相まって、夢の世界のように見せていた。

しかもこの広間は音響をよくするための仕掛けが、至るところに施されているのだ。

アンネリーゼの視線は壁に沿って移動する。

今夜、ここで行われているのは、王族主催の音楽会だ。

ガリア大陸には大小さまざまな国がひしめいており、それらの国々の交流も盛んだ。

今夜はハンガリアの王太子を歓待するという触れこみで、エースタライヒ王国の誇る第一王子、クレメンスがじきじきにヴァイオリンを手に取り、演奏することになっていた。

——クレメンスさまといえば、とても麗しくて目が潰れそうなほど美形な上に、音楽や芸術の才も秀でていて、しかもまだ独身なのよ！

クレメンスのことを考えるだけで、アンネリーゼは全身の血が逆流しそうなほど興奮するのを感じる。

舞踏会に集まる令嬢の熱い視線を一身に集めているのが、このクレメンスだ。

政治的な手腕や決断力もあると、父である国王に評価されているらしい。彼が次の王位を継ぐことは、まず確実だとされていた。

当然、このクレメンス王子と結婚したいと願う貴族の令嬢は、大勢いた。アンネリーゼ・オトマイアーも、実を言えばその一人だ。

だが、身分違いだと重々承知している。男爵令嬢に過ぎない上に、色気のない自分が、並み居る美貌の令嬢たちを押しのけて、クレメンス王子の目に留まるはずがない。

それでも、日々、膨れ上がる恋心は制御できない。他のことについては現実的すぎると言われているくせに、クレメンス王子に関してだけは、夢見る乙女なのだ。

九歳のとき、クレメンス王子と二週間ほど遊んだことがある。そのころからの淡い恋心を、ずっと引きずっているのだ。

今夜も、クレメンス王子の姿を遠くから見てみたい。彼が奏でるヴァイオリンの音色を聴きたい。

あわよくば、その後の舞踏会で、クレメンス王子と一曲でもいいから踊ることはできないだろうか。

そんな淡い願いを抱いてやってきたのだが、さすがクレメンス王子の人気は半端ではなかった。

アンネリーゼが到着したときには、すでに同じような望みを抱いた令嬢によって、鏡の間は埋めつくされていた。アンネリーゼは、壁際にどうにか椅子を見つけて座るのがやっとだった。

――負けたわ。これでは、クレメンスさまの視界に入ることすら、不可能だわ。今夜は、ことさら人が多いみたい。

室内を見回しながら、そう思う。

広間を埋めつくす人の多くは、若い令嬢だ。人いきれで、息が詰まる。

クレメンスとヴァイオリン二重奏をするハンガリアの王子も独身と聞くから、その姿を鑑賞しつつ、お近づきになりたいと願う令嬢も多いのだろう。

——ハンガリアの王子も見目麗しく、お妃候補募集中という触れこみよね。

そんな独身の麗しい王子二人が二重奏をするのだから、独身の令嬢は何が何でも駆けつけたいはずだ。

——そうか。……そうよね。

納得して、アンネリーゼは大きく息をついた。ドレスに着替えたときからあった気負いが抜けて、しゅんとする。

アンネリーゼも本来ならばせっせと舞踏会に参加して、すまし顔を作り、独身の青年貴族からの求婚を待たなければならない立場だ。だが、社交界デビューしたばかりの十六歳のころならまだしも、二十を目前にして、行き遅れの域に片足を突っこみつつある現在は、すっかり結婚への興味を失っている。

——だって、……モテないんだもの。

現実がずしりと全身にのしかかる。独身の青年貴族たちは、残酷だ。見目麗しくて、身分の高い令嬢ばかりがダンスに誘われる。アンネリーゼが頑張っても、壁の花になるばかりだ。

その上、にこにこと相手の話を聞いていられる性格でもない。実のない社交辞令に時間を費やすぐらいなら、家で犬小屋の図面でも引いていたほうがいい。

そんなアンネリーゼだが、クレメンス王子にだけは一途でけなげな想いを抱いている。とんでもない高望みだとわかってはいても。

彼が出席する舞踏会にどんなに頑張って参加したところで、大勢の人に阻《はば》まれて、近づくことすらできない。

この初恋が実ることはないと、ほとんど諦《あきら》めかけていた。

——今夜の招待状だって、あらゆるツテを使ってやっと手に入れられたのよね。

アンネリーゼの父は男爵で、貴族の中で身分は高くないものの、建築設計の腕は当代一と認められていた。

その父の腕を見込んで、錚々《そうそう》たる貴族たちが、この王都でのシティハウスや、領主館、別荘などの建築を依頼する。だから、ツテだけは豊富にあった。

だが、今夜のこの音楽会の招待状は、かなりの人数が求めたらしい。広い鏡の間はぎゅうぎゅうで、アンネリーゼの後からもさらに令嬢が詰めかけてきた。

立錐《りっすい》の余地もなくなってきたころ、クレメンスとハンガリアの王子が鏡の間の前方に姿を現した。

わぁぁあっと歓声が上がる。

令嬢たちの憧《あこが》れの視線を、ごくあたりまえのように二人は受け止めた。それから、クレメンスとハンガリアの王子はその麗しい顔を見合わせ、タイミングを合わせて演奏を始める。

二人のヴァイオリン二重奏は見事だった。

天井から降り注ぐようなヴァイオリンの音色が、アンネリーゼを魅了する。

視線の先にあるのは、光り輝くようなクレメンスの姿だ。

ヴァイオリンに軽く顎《あご》を乗せ、演奏に没頭している。

その端正な立ち姿だけでも、アンネリーゼを虜《とりこ》にするには十分だ。

柔らかそうな金色の髪が、その完璧な顔の輪郭を縁取っている。ハンガリアの王子と、時々視線を合わせながら、伸びやかに弓を動かす。

身につけた濃紺の、膝まである長衣の上着が、金色の装飾と相まってとても映える。

若い令嬢が理想とする王子そのものの姿だった。

クレメンスを目にしているだけでアンネリーゼの心臓は高鳴り、息ができないほどの高揚感に包まれる。

——素敵だわ。素敵すぎるわ。

この気持ちは恋だと思う。クレメンス以外の誰にも、こんなふうになったことはないのだから。

二十六歳のクレメンスはなかなか身を固めようとはせず、近隣諸国の有力王族との縁談を片っ端から断っているそうだ。

クレメンスは『自分でふさわしい令嬢を選ぶ』と公言していた。だからこそ、ここに集まる令嬢は、「自分がそのふさわしい令嬢ではないのか」という一縷《いちる》の望みを捨てきれずにいる。かくいうアンネリーゼもその一人だ。

——無理だと、……当然、わかっているのよ？　そこらの独身青年貴族にも洟《はな》も引っかけられない私なんぞが、クレメンスさまに憧れるだけでも不敬だわ。だけど、クレメンスさまがあまりにも麗しすぎるものだから、諦めきれないの。

せめてひそかに彼を思って、胸を高鳴らせることぐらい許してほしい。おそらく、父がアンネリーゼが独身でいるのを許してくれるのも、あと数年だろうから。

それでも、好きではない相手と結婚するぐらいなら、一生独身を貫きたいほどだった。そんなふうに考えるのも、アンネリーゼには父譲りの建築家としての才能があったからだ。

アンネリーゼがもの作りの面白さに目覚めたのは、ほんの九歳ぐらいのことだった。家の庭に大きな日時計を作り、父の目をみはらせた。

日時計を作るには、天文学と幾何学《きかがく》の知識が不可欠だ。日時計作製に必要な知識を、アンネリーゼは兄の家庭教師からコツコツと学んで、習得していた。アンネリーゼの算術や幾何学、音楽、天文学の才能には、父も舌を巻いた。

だからこそ、父はアンネリーゼが望むがままに、建築家として必要なことを片っ端から学ばせたのだ。

今では建物の外装や内装のデザインを中心に、敷地の選定、事前調査、建築資材の性質や製造法、各種敷設工事、修繕方法など、着々と習得しつつある。

アンネリーゼが自分の片腕として不可欠な存在になってきていることを、父も認めざるを得ないはずだ。

それでも、貴族の令嬢が建築現場で働くなんて、という声がある。父の助手、という立場がなければ、一応、男爵令嬢であるアンネリーゼが、職人からの反発なく現場で仕事を進めることはできない。

母はそんな父とアンネリーゼに、怒り心頭だったが、先日、膝詰めで話をした。その話し合いの場で、アンネリーゼは冷静に切り出したのだ。こんな身体の自分に、いい縁談話は来るのか、と。

——そうよ、私には、縁談を進めるにあたって、重大な欠陥があるのよ。服の上からでは、全くわからない欠陥が。

クレメンス王子にいくら憧れたところで、実ることはないのだと諦めているのはそのせいもある。母もアンネリーゼの赤裸々な告白には、納得するしかなかったようだ。

男という生き物には、動物的な本能があるのだと母も認めた。このエースタライヒ王国においては、男心をそそらない身体であるアンネリーゼの幸せを祈り、いい人が見つかるまで好きにさせると言ってくれたのだ。

——母さまが折れるほどの私って……。

アンネリーゼはため息をついた。音楽会は終わりに近づきつつある。

この後は、ハンガリアの王子を歓迎するための舞踏会が催されることになっている。

あわよくば、そこでクレメンスと踊りたいと願っていたのだが、ここまでライバルが多ければ不可能だ。

クレメンスとの間には、何十人も令嬢がいる。その令嬢たちが、音楽会が終わるなりわっとクレメンスにダンスを申しこむことを考えたら、アンネリーゼに順番が回ってくるはずがない。

いつものように、人に阻まれるのだ。

こうなる前に、ちゃんと対策を練っておけばよかった。入手困難な建築資材を手に入れるときのように、前々から情報を仕入れ、早くからやってきて前のほうに席を取り、演奏会の間中、熱い眼差しを送ってクレメンスに認識してもらうこともできただろう。

そんなこともせずに、遅れてやってきて成果だけを手に入れようとするのは、甘すぎる。特に、アンネリーゼのように、身分的にも容姿的にも目立つところのない者なら。

しばらくして、音楽会が終わった。

その音色が消えるか消えないかのうちに、クレメンスとハンガリアの王子の姿は、予想通り、人に呑まれ見えなくなってしまった。

——そうよね。当然、そうなるわよね。

アンネリーゼは近づくのを諦め、息苦しさを感じながら鏡の間の後方に向かった。このホールの音響について、知りたかったのだ。

——すごく、音の響きがよかったわ。天井から降り注ぐような音の奔流《ほんりゅう》。この広間には、どんな音響効果の工夫がされているのかしら？

だが、詰めかけた人々の熱気で、室内はむんむんとしていた。

季節は秋に入るころだ。

ベランダに通じる窓は薄く開いていたものの、空気がこもって湿度が上がっている。これでは、気分を悪くする者が出るだろう。

——というか、苦しいのは私だわ……。

鏡の間からは、使用人によって椅子が片付けられつつあった。舞踏会の準備が始められているのだ。

アンネリーゼは急に吐き気を覚えて、人々の間をかき分け、テラスに出た。

今日はもしかしたら、招待客が多くないかもしれないと思っていた。小規模な音楽会だと聞いていたからだ。

だから、クレメンスと話ができる可能性にかけて、精一杯のおしゃれをしてきたのだ。

最先端のコルセットを入手し、自分史上、最も細いウエストとプロポーションに仕上げた。

時間の経過とともに、コルセットがぎゅうぎゅうとウエストに食いこんでくる。ここまでしたのも、アンネリーゼの身体が、非常に凹凸に乏《とぼ》しいせいだ。年頃になるとやたらと胸のボリュームが増し、同時にお尻もきゅっと出てきて、ウエストがくびれた形になるこのエースタライヒの大多数の令嬢と、自分の体型があまりにも異なっていることを、アンネリーゼは日々、思い知らされずにはいられなかった。

細いだけのウエストは色っぽいラインを描くことはなく、いつまでも胸にボリュームが増すこともない。お尻にも肉がつかない。

すらりとした少年っぽい体型だと言えば聞こえはいいが、女性用よりも男性用の衣服が似合う体型だ。兄のお下がりの服を着て、建築現場にいてもすんなりと馴染むのは、この体型のためだろう。

だからこそ、最新型のコルセットを紐が締められる限り締めて着用し、ドレスに合う色っぽいラインのために、あちこち締めては、盛ってきたのだ。だが、おかげでとても苦しい。

テラスに出て外の空気を吸ってみても、気分の悪さは治らない。

どこかでコルセットを緩めるしかないと覚悟して、アンネリーゼは庭に下りた。

宮殿には夜間でもその堂々とした外観が浮かび上がるよう、あちこちに明かりが灯《とも》され、その南側に庭園が広がっている。鏡の間はその庭園に面していた。

舞踏会で知り合った男女がそぞろ歩きをして、密会ができる物陰も設けられている。その一つを求めて、アンネリーゼは人のいないほうへ歩いていった。

せっかくの装いだが、ここまで苦しいとは思わなかった。

見栄よりも何よりも、今は早く楽になりたい。釣り鐘状に大きく広がったドレス姿で吐いたりしたら、目も当てられない。

アンネリーゼは狩りの女神の彫刻を中心に据《す》えた噴水を早足で回りこみ、その裏側にベンチを見つけた。そこに座りこむ。

「は……。助かったわ」

すぐ後ろに噴水があるから、ひんやりとした空気が流れてきて、心地よかった。ここは庭のあちらこちらに焚《た》かれているかがり火の影になっているから、服を乱していても誰の目にもつかないだろう。

ベンチは大理石で作られており、日中の日避けのために同じ素材で作られた簡易的な屋根がある。その覆いを支える柱に、巻きつくように植物のレリーフが施されていた。

ようやく座れたことにホッとしたが、次はとにかく一刻も早くこのコルセットを緩めなければならない。

舞踏会は始まったばかりだ。二十メートルほど離れた大広間から、音楽が聞こえてきた。ここでドレスを乱してしまっても、ショールがある。それでドレスの乱れを覆い隠しながら、庭を突っ切っていったら、南玄関のオトマイアー家の馬車が停まっているところまでたどり着けるはずだ。

そんなふうに考えつつ、アンネリーゼは背中に腕を回した。不自由な体勢ながら身体をひねって、背中の布地を合わせている金具を上から一つずつ外していく。

女性らしい曲線美は、少年らしい体型のアンネリーゼには備わっていない。特に胸のボリュームが乏しいことこの上ない。

――だけど、全くないってわけじゃないのよ。他の娘が、ありすぎるだけなのよ。

胸を包みこんだら、てのひらはかすかにカーブを描く。だが、このエースタライヒにいるのは、これでもか、とばかりのたわわな胸を持つ女性ばかりだった。胸もお尻もバーンと張り出し、ムンムンの色気を放っている。そんな中ではアンネリーゼの胸はないに等しい。

――好きなのよ、私も。色気むんむんのお姉さま、大好き。……だけど。

好きなのと、自分に備わっているのかどうかは、別問題だ。求めて手に入るものなら、とっくにそうしている。

数年前までエースタライヒの宮殿では、胸肉を露骨に見せるタイプのドレスが流行していたそうだ。だが、今の流行はできるだけ胸をぎゅっとドレスの布地で押しつぶすタイプのものだった。

いっぱい胸はあるのに、それでも余ってしまう肉を、布地の膨らみによって想像させるデザインと言える。布でこの質感を覆い隠し、谷間だけを見せるものだったからこそ、アンネリーゼの侍女たちの腕のふるいようがあった。

なけなしの胸の肉をその谷間に大集合させるために、左右からたっぷりと詰め物をあてがい、コルセットで固定する。すると、見事に谷間が演出できる。

だが、そのコルセットが裏目に出た。

時間が過ぎるほどに、ますます締まってくる。めちゃくちゃ苦しい。

アンネリーゼはどうにかドレスの背中の金具を全部外し終わると、その下のコルセットに指を伸ばした。

コルセットは背中で紐を締めるデザインだ。紐は背中側だったから、アンネリーゼはその構造を理解していない。だが、指先で探ってみたところ、何らかの拍子で緩んだりしないように、紐の端をしっかりと金具で留める仕組みになっているらしい。

「……う、……う……う……」

がむしゃらに紐を引っ張ってみたところで、外れない。

おかげで、いつまでも呼吸は楽にならない。脇腹も、腕も肩もつりそうだ。

「は……」

ますます呼吸が苦しくなり、ブラックアウトしそうになった。息も絶え絶えになってきたから、座りこんだベンチの端にある柱にもたれかかり、はーはーと呼吸する。そのとき、遠慮がちな声が、驚くほどすぐそばから聞こえてきた。

「その、……お手伝い、させてもらっても？」

「っう、きゃっ！」

アンネリーゼは飛び上がった。

誰かに、自分の姿を見られていたとは思わなかった。しかも、その声はまぎれもなく男性のものだ。しかも、若い。

コルセット姿を、結婚する相手以外に見せていいはずがない。

だが、声はパニックに陥《おちい》りそうになるアンネリーゼを落ち着かせるように、ひそやかで穏やかに響いた。

「すみません。いきなり、声をかけるという、失礼を。ここで休憩していたらあなたが近づいてきて、ご苦労されているようだったので」

アンネリーゼはその声がする方向を透かし見た。

誰もいないと思っていた大理石のベンチは、少し間隔を空《あ》けて二つ並んでいた。その片方に、誰かが座っていたようだ。そちら側も噴水の陰になって、明かりが届かない。だからこそ、声をかけられなかったら、そこに人がいるとはわからない。

それでも、完全に背中を晒《さら》したこの格好をどうにかしたくて立ち上がろうとした瞬間、めまいがした。

必死で柱にすがっていると、また遠慮がちに声がかけられた。

「驚かせるつもりはなかったのです。……絶対に、不埒なことはしないと、お約束いたします。よろしければ、……お手伝いさせていただいても?」

普段ならば、こんな申し出を受けるはずがない。侍女を呼んでほしいと伝えるべきだ。だが、宮廷での礼節を感じさせる丁寧な言葉づかいと、柔らかな声の響きに、警戒心が薄れる。

おそらくは、若い貴族の青年だろう。今夜はアンネリーゼが出席した音楽会以外にも、宮殿ではさまざまな催しが開催されている。

何より、早く楽になりたかった。

呼吸の苦しさはひどくなり、侍女を呼びに行ってもらう間に失神してしまいそうな危機感がある。とにかくすがれるものなら何でもいいように思えてきたアンネリーゼは、必死で声を押し出した。

「お願い……しても、よろしいかしら。コルセットを、緩めたいのよ。……苦しくて」

「はい」

身動きができないままでいると、彼が隣のベンチから立ち上がった。アンネリーゼの背中のほうに回りこみ、探るようにコルセットの上から触れてくる。

ドキッとした。異性の指を、そんなところで感じたことはないからだ。

薄暗くてわかりにくいのか、紐が闇雲に何回か引っ張られたが、その後で金具が外される気配があった。

それから、さらに紐を引っ張られ、コルセットを固定している細い紐が少しずつ緩められていく。それに合わせて、どんどん締めつけが楽になって、アンネリーゼは思いきり息を吸いこんだ。

「は……」

くらくらした。もっと楽になりたい。深い呼吸がしたかった。

「どこまで緩めます？」

だから、そんな彼の質問に、深く息を漏らしながら答えていた。

「もっとよ、もっと」

「わかりました」

彼はうなずいて、コルセットをさらに緩める。

丁寧な手つきだった。見ず知らずの相手だというのに、最大限こちらを尊重してくれているのが伝わってくる。いやらしさのかけらもないのは、彼が余計なところに触れないように、極力配慮してくれているためだろう。

——いい人だわ……。

かすかに漂ってくる高価な香水の匂いが、彼の身分の高さを伝えてくる。麝香《じゃこう》の混じった、最高級品だ。

彼は短い間隔で空けられているコルセットの紐を通す穴に、指先を入れては紐を緩めてくれた。どんどん楽になっていく。

「は……っ」

紐が緩むにつれて、アンネリーゼの身体から力が抜けた。

すっかり紐が緩んだところで、彼がアンネリーゼのコルセットから手を離した。

「ありがとう」

暗闇で、互いに顔も見えていない。

礼を言って、ショールを巻きつけようと身体をひねる。そのとき、大きくコルセットが前に外れた。

ぱかっと、肌との間に隙間ができて、何かが転げ落ちそうになる。それが何だかわからなかったが、反射的に手を伸ばす。同じように彼も、手を伸ばしたようだ。

そのために彼の手が、剝《む》き出しになったアンネリーゼの脇のあたりから胸の頂《いただき》にかけてなぞっていった。

「っ、……きゃっ！」

乳首に触れられたことで、ぞくっと甘い痺れが背筋を駆け抜ける。

——触られた……！

直接の感触はもとより、顔も知らない他人に自分の胸に触れられた衝撃で、アンネリーゼはすくみ上がった。

そんなところを人に触られるのは初めてだ。

全身が強《こわ》ばり、アンネリーゼはぎゅっと胸元を抱きこむように手を回した。コルセットを上からしっかりと押さえこむ。ただの事故だとわかっている。なのに、震《ふる》えが止まらない。

そんなアンネリーゼの怯《おび》えをこの暗闇でも察したのか、彼はひどく恐縮した体で言ってきた。

「す、……すみません。触ってしまった。今の、は」

触れたのは確かにアンネリーゼの胸なのだが、そんなふうに尋ねられたことに衝撃を受けた。あまりにボリュームがないから、彼には胸に触れたという自覚がないのだろうか。

——おっぱいでしょ……！

そう言い返したかったが、さすがにプライドがあった。悔しさと困惑《こんわく》と恥ずかしさに、じわっと涙が浮かぶ。

わからないのなら、わからないままでいい。やけくそになって、言うしかなかった。

「脇腹……よ！」

そのささやかな柔らかい肉を、彼は勘違いしてくれるかもしれない。だが、その言葉に彼が一層動揺したのがわかった。

「わ、脇腹？」

さすがに、位置関係からして無理があったかもしれない。

「二の腕、だった、……かもしれませんわ！」

女性の身体の中で、胸と間違えそうな柔らかなところを、口にしてみる。

少し前まで卒倒寸前だったのだが、胸を胸として理解されなかった憤りと情けなさに、憤然《ふんぜん》と気力が湧き上がってきた。

アンネリーゼは立ち上がった。胸がぺたんこだからこそ、両腕でドレスとコルセットをしっかり摑んでいないと、ずり落ちてしまいそうだ。それに手をふさがれながらも、どうにかショールで上体を包みこむ。

「ありがとう。楽になりましたわ。いつかお礼を」

「え。……あの、よろしければあなたの名前を……」

彼が立ち上がり、焦《あせ》った様子でアンネリーゼの前に立つ。

ずっと座ったままだったからわからなかったが、彼の背はとても高かった。だけど、顔は薄暗くてよく見えない。

名など教えてはならないと、警戒心がこみ上げてきた。自分の胸に触れても、胸だとわからないような相手だ。腹が立つし、恥ずかしいから、彼とこれ以上親交を深めるつもりはなかった。

「ごめんなさい。またいつか、どこかで出会えましたら」

それだけアンネリーゼは言い捨てて、彼の前から走り去る。暗闇から暗闇を選んで、南の玄関を目指した。

どの方向から庭を回りこめば、自分の馬車に乗りこめるかわかっている。

いつまでも、胸には彼の手が触れた感触が残っていた。

——男性の……手。

たまたま触れた異性の手の感触が、当惑とともに肌に刻まれる。

だが、とにかくこの場から、一刻も早く立ち去りたい。

そのことしか考えられなかった。

彼女の後ろ姿を見送った後で、呆然《ぼうぜん》としていた彼は、ふと何かが地面に落ちているのに気づいた。

不思議に思いながら、屈《かが》んでそれを拾ってみる。彼女が座っていたベンチのすぐそばだ。立体的に縫われたガーゼであり、中に綿がぎゅっと詰めこまれている。握りこむと、それなりに硬い弾力が戻ってきた。

「何だこれ」

つぶやいた後で、ハッと思い出した。

彼女の身体に触れる寸前に、何かが胸元から転げ落ちた。おそらく、これがそうだ。拾おうとしたときに、彼女の身体に触れた。

——柔らかかった。そして、……不思議なラインだった。

今でも、指先がそのラインを再現しようとしてしまう。最初に指先が触れたのは、彼女の身体のどのあたりなのだろうか。そして、どこからどう指はなぞったのか。

始点と終点がわからない。そのあたりに、普通なら胸があるはずだ。だが、それにしてはなだらかなラインだった。

自分が求めているもの。ずっと求めてきたもの。

それにあと少しでたどり着こうとしているような、強烈な渇望があった。彼女を逃がしてはならなかったのではないだろうか。だが、さすがに初対面の女性であり、あれだけ特殊な状況にあった相手を強引に引き留めたら、とんでもなく警戒され、怯えさせるに決まっている。

——だけど、……僕の指が触れたあのライン……。あれは……！

わきわきと、指先が勝手に震える。

極上の音楽を奏でようとするように、指が疼《うず》いた。とんでもなくめくるめく体験を、自分はしたのではないだろうか。そして、その自覚がないまま、今に至っているのではないのか。

異様な動揺を隠せないまま、彼はガーゼをぎゅっと握りこんだ。これは、彼女の身体から落ちたものだ。

まだその体温を、ガーゼが宿しているような気がする。

何度も握っては、力を抜く。これは、いったい、何に使うものだろうか。

——柔らかで、弾力があって、……彼女の、……胸元から、転げ落ちた。

「……あ」

不意にその答えがひらめいた。

同時に、甘すぎる衝撃が身体を貫く。

——そうか。……これは、……彼女の……！

求めていた答えが、ぴったりとはまった。もどかしさでいっぱいだった身体が、潤って震えた。叫びだしそうだ。

ずっと探していたものを見つけた。彼女はそれを持っている。身体に宿している。

だが、すでに彼女の姿は、闇の中に消えていた。あそこまでドレスを乱してしまったから、舞踏会に戻ることなどできず、帰宅のために馬車を停めているところに向かったのだろう。

今からでも全速力で追ったならば、彼女が馬車に乗る前に見つけられるかもしれない。

よしんば間に合わなかったとしても、今、出ていったばかりの馬車がどこのものかを聞きだすのは、彼の立場なら容易いことだった。

〔二〕

人生で思いがけない素晴らしい知らせがある日というのは、特に予兆があるものではないらしい。

そのことを、アンネリーゼはクレメンス主催の音楽会から数日後に思い知らされた。

その日、父は宮殿に呼ばれていた。

父は多忙であり、今は王都の大聖堂の補修工事で大わらわだ。これ以上、新しい普請の依頼があっても受けられない。そう言いながらも、どこか嬉しそうにいそいそと出かけていった。

オトマイアー男爵邸は、家の格にそぐわないほど立派な建築だ。

場所こそ宮殿からかなり離れているものの、内装にも外装にも父の趣味が最大限に反映されている。

応接室の壁には、父の好きな金のロカイユ装飾が一面に施されていた。海の生きものがアレンジされた装飾だ。それとテイストの一致した調度が、バランスよく室内に配置されている。

宮殿から帰ってくるなり、父はその応接室にアンネリーゼを呼んだ。そこには母親もいて、アンネリーゼを見ると引きつった笑顔を浮かべた。

――え？　何よ、これ。

父に視線を戻すと、国王との謁見に臨むときの最大級の礼装のまま、どこかきょとんとした顔をしていた。その目は、娘を見るにしては、奇妙なものだった。

「あの、その何だ。おまえに、縁談が」

咳払いして、いきなり言われる。

「縁談って。……ろくなお話が来ないので、もう全部断ってくださるはずでは？」

アンネリーゼはあからさまに眉を寄せた。

両親が魂を抜かれたような状態にあるのが不可解だ。いったい、これはどういうことなのだろうか。父など呆然《ぼうぜん》としすぎて、ロカイユ装飾のような半魚人じみた顔をしている。

父はアンネリーゼの言葉に首を振り、身体の横でぐっと拳《こぶし》を握った。その太鼓腹が、服を押し上げていた。

「断る前に、話を聞け。先ほど、国王陛下にお目にかかった。改築を命じられたんだ。カランタニアの、離宮の」

「カランタニア？　だけど、あれはまだ、新しいでしょ？」

エースタライヒ王国は、文化の発信地として有名だ。さらに、もう一つ、有名なものがある。温泉だ。

国土のあちらこちらで良質の温泉が噴出し、あらゆる病に効くとされていた。療養のために、近隣諸国からやってくる人も多い。

特に王都から近いカランタニアには、良質な温泉が湧いていた。

メアリ王妃は何人も子供を産んだが、それによって体調を崩したらしい。国王が王妃のために療養用の離宮の建設を命じ、父がそれを任された。

十五年の歳月をかけてカランタニアの離宮が完成したのが、今からちょうど十年前だ。アンネリーゼも完成時に、離宮を見に連れていってもらったから、よく覚えている。壮大な建物であり、その完成を祝って花火が打ち上げられていた。

いくら温泉成分によって建物が傷みやすいと言っても、大々的な改修を行うにはまだ早すぎる。

――まさか、重大な欠陥が？

焦《あせ》ったが、父の表情はそのような危機を内包したものとは思えなかった。魂が抜けた状態にはあるのだが、幸福感に包まれているようにも見える。母もだ。

「それなんだが」

またあらためてまじまじと父から見つめられて、アンネリーゼは妙な居心地の悪さを覚えずにはいられなかった。

　出かける用事のない日だから、今のアンネリーゼは軽装だ。コルセットをつけることなく、綿モスリンを素材にしたざっくりとしたドレスをまとい、ウエストでぎゅっと絞ってある。

　父はそんなアンネリーゼの姿を眺めてから、ため息まじりに言ってきた。

「クレメンス殿下が、……おまえを、……嫁にと……！」

「は？」

　あまりの衝撃に、頭の中が真っ白になった。

　今、クレメンスの名が出たような気がするが、聞き間違いだろうか。

「今、……何とおっしゃいまして？　お父さま」

「クレメンス殿下がおまえを結婚相手に望んでいる、と言ったんだ。恐れ多くも、国王陛下直々に言われたことだ。陛下も了承済みのことらしいが、いったいどこでどう話が進んだのか、私にもわからない。クレメンス殿下に望まれるとは、いったい、どんな魔法を使ったんだ」

「魔法など……。こっちこそ、何が何だか」

　アンネリーゼは絶句した。

　二人が魂を抜かれたような状態だった理由が、ようやく理解できた。

自分まで半魚人のような表情になってしまいそうになる。さすがにそれだけは回避しようと必死になって表情を引きしめているアンネリーゼに、父が言ってきた。

「カランタニアにある離宮は、王妃さまの療養のために造られたものだ」

「そう……ですね」

温泉に行くのは、ほとんどが療養のためだ。

国によっては、湯につかるのはよくない、と言い立てる医師や教派もあるのだが、このエースタライヒ王国では経験上、適温の湯に長い時間つかるのは身体によい、という考えが浸透している。

「離宮やその施設はまだまだ使えるが、おまえが私の助手として働いているのを、クレメンス殿下はどこかでお知りになったようだ。殿下はこれから一ヶ月ほど、カランタニアに滞在するから、おまえを改修作業という名目でそこに寄越してくれと言ってきた」

「それって、純粋に改修のためではなくて？　……結婚とは、関係ないのでは」

アンネリーゼは慎重になる。

何せ相手はクレメンスだ。遠くから見ているだけでもまばゆすぎて、正視できないきらびやかな王子なのだ。一度でいいからダンスをしたい、視界に入りたい、と夢は見ていたものの結婚相手なんて考えられない。

恐れ多い。憧《あこが》れているだけで、十分なのだ。

だが、カランタニアの離宮には思い出があった。初めて目にしたきらびやかな宮殿はとても素晴らしくて、毎日見ていても見飽きなかった。

しかも、そこでアンネリーゼは若きクレメンスと出会ったのだ。

当時アンネリーゼは九歳。クレメンスはピカピカして若くて愛らしい十六歳だった。アンネリーゼにとっては運命の出会いであり、忘れられない相手だったが、クレメンスにとってはそうであるはずもない。なぜなら、それきり会うこともなかったからだ。

クレメンスにはまともに名乗りもしなかった。そもそも十年前のそんなことを、覚えているだろうか。

「クレメンス殿下がおっしゃるには、実際のところは、おまえと内密に顔合わせがしたいのだと。実際に結婚につながるかどうかはその顔合わせ次第だが、二人の相性がいいようなら、そのまま結婚も考えたいのだと。そのつもりでおまえを寄越してほしいと」

エースタライヒの貴族にとって、結婚は家の格を上げるための最大の手段であり、今後の家の浮沈を左右する。

そんな中では恋愛感情よりも家同士の結びつきのほうが重視されるのは当たり前だ。王族の、ましてや王子が政略的に何の益もない下位貴族の娘と結婚するなんて普通ならあり得ない。

「でででで、……ですけど、クレメンスさまは自由に結婚できるのですか？」

「今なら、近隣諸国との関係は安定しているからな。今、この時点で絶対に関係を深めておかなければならない国があるというわけでもない。国内貴族の力関係も均衡が取れているからこそ、クレメンスさまはわがままを押し通せる状態にある」

さすがに父は、国の事情について理解しているようだ。

「でで、ですけど！　どうして私なんかが？」

ほんの数日前、クレメンス主催の音楽会に出かけたが、視界に入ることすらできなかったのだ。

「そもそも、身分違いでしょ？」

当代一の建築家とはいえ、父は男爵だ。

だが、父は軽く首を振った。

「身分は問題ではないのだ。クレメンス殿下が自分の妃を自由意志で選ぶことを、陛下も王妃も納得なされておられるそうだ。今回のお話も、国王陛下から直々にいただいたと言っただろう」

アンネリーゼはますます当惑した。

「でしたら、……本当に理由がわからないわ」

顔から血の気が引いていく。本当ならば喜ばしいことなのだろうが、あまりに納得がいかない。全く理由がわからず、素直に喜べないどころか、何の罠かと不安になってしまう。

アンネリーゼ以上に、父も母も狐につままれた気分らしい。

「理由について、私もお尋ねしてみた。おまえは建築の才能にあふれ、いつかは立派な宮殿の一つや二つ造れるだろうが、……女性としては、……その、……我が娘ながら、何というか」

言いにくそうにしている父に、母がズバッと突っこんだ。

「胸がないのよ！」

身もふたもない言い様に、一瞬だけずきっと胸を突き刺されたが、アンネリーゼは思わずうなずいた。

今みたいなコルセットなしの姿だと、ますますそのことは鮮明だ。胸元はぺたんこで、少年みたいだ。

だが、社交界にデビューするまで、アンネリーゼは自分の胸が小さいのがそこまで致命的だと思っていなかった。

女性のたしなみとされる詩の朗読やピアノなどには、はまらなかったものの、算術、幾《き》何学《かがく》、音楽、天文学の知識は、人一倍ある。起重機や揚水機《ようすいき》などの仕組みについては何時間でもしゃべることができたし、周囲の人もそれらに興味があるとばかり思っていたのだが、社交界の小粋な会話とはそういうものではないらしい。

――誰も遮《さえぎ》らないから、興味がおありになるのだと思って、小一時間、水力オルガンについてお茶会で話したことがあったの。そうしたら、次のお茶会で私についたあだ名が「水力オルガン」だったのよ。最悪だわ！

さすがにそれを知ってしまってからは、アンネリーゼはお茶会で話をしなくなった。しばらく他の令嬢や若い貴族の青年の会話に耳を傾けることになり、美辞麗句に隠された彼らの本音が見えてきた。

相手の身分や財産を秤《はかり》にかけ、家の格が上がる、よりよい生活が送れる結婚相手を必死で探している。そういう意味では、いくら父が建築家として評価されていても、男爵という家柄は、全く魅力的ではないらしい。

それでも、アンネリーゼが美しくて麗しかったら、社交界の華としてそれなりの引きもあったかもしれない。

だが、アンネリーゼの容貌はごく一般的だった。

ブルネットのくるくるしすぎる長い髪に、榛色の目。特段不器量なわけではないが、全体的に印象が薄いのは、興味のある建築や動力の話題を社交界ですることを自分に禁じていたからだ。そんな自分は、死んだ魚のような目をしていただろう。

――それでも、相性がいい人もいるかも、って期待してたんだけど。

だが、アンネリーゼが社交界で多くの男性と接して得た結論としては、貧乳はとにかくモテないということだった。

エースタライヒの男性の大部分は、豊満な女性らしい体型を好む。

そもそもの前提として、このエースタライヒの女性はほとんどが、そうした体型なのだ。だからこそ、男性は女性はたわわな胸と豊かな尻を持つものだという思いこみが強い。

アンネリーゼが女性としては貧相な体型であるということに気づいた時点で、相手が驚き、ひるむのがわかった。

ごくまれに胸の小さい女性が好きだという男性もいるが、実際にそれが好きというわけではないらしい。胸が小さいことを恥じらって、劣等感を抱いている女性が好きという屈折した嗜好《しこう》なのだ。

――やってられないわよね。何で私が、そんなことに劣等感を持たなければならないの。

努力してかなうことならそうするが、身体つきはどうしようもない。肉づきをよくしたところで、太くなるのはウエストや太腿ばかりだ。一応、試してもみた。

社交界に幻滅したところで、クレメンスの姿を見た。途端に、幼いころのときめきがよみがえった。以来、アンネリーゼはまじめに結婚相手を探すのをやめ、クレメンスを遠くから見ることと、父の助手としての活動に没頭するようになっていった。

自分の胸の小ささには諦《あきら》めがついていたものの、それでもクレメンスと会えるかもしれないというチャンスには、アンネリーゼは詰め物をしてまで胸を盛り、精一杯のおしゃれをせずにはいられない。

たわわな胸という幻想に支配されているのは、アンネリーゼも同じだった。偽ってでも、クレメンスの目に魅力的に映りたかった。

だが、自分にクレメンスからの結婚を前提とした顔合わせの機会が与えられたというのは、身に過ぎた状況にもほどがある。あのまばゆいクレメンスと、すぐ近くで顔を合わせただけで卒倒しそうだ。

自分のほぼ平らな胸を見下ろしてから、アンネリーゼは両親に視線を戻した。

「母さまが言うのも、もっともですわ。この体型で、どうしてクレメンス殿下は私を？」

「わしにもわからん。……おまえがクレメンス殿下に、熱を上げているのは知っていたが、かなわぬ恋だと思っていた」

「私もよ？　かなわぬ恋どころか、結婚を前提として、殿下にお会いすることすら、許しがたいと思うわ。不釣り合いなんてものじゃない」

「だったら、どうしてこんなことが現実に起こるんだ。クレメンス殿下は、現実的で社交や内政における能力を特に陛下に認められているはずなのに」

「現実的だというのなら、男爵令嬢の私を選ぶはずがないし、社交能力があるのなら、私以外の女性も口説けるってことよね」

正論すぎるアンネリーゼの突っこみに、部屋に沈黙が満ちた。

両親と顔をつき合わせて考えてみたところで、どうして他の令嬢に先んじて、このエースタライヒにおける結婚したい独身男性トップであるクレメンスに、自分が選ばれたのかわからない。

あまりに考えすぎて頭がパンクしたらしく、父が大きく息を吐いてから結論を出した。

「理由がわからなくとも、ずっと憧れていたクレメンス殿下の直々のお誘いだ。断るなんてことはないよな？」

アンネリーゼは即座にうなずいた。

「当然よ。どうして私が選ばれたのか、理由はまるでわからないし、何かの間違いではないか、という思いのほうが強いわ。というか、間違いに決まっているわ。だけど、……せっかくの招待なのよ。クレメンス殿下とお会いして、三十センチの距離からそのお姿を人生のお宝としてたっぷり堪能したいわ」

興奮しすぎて鼻息が荒くなり、早口になってしまった。

だが、懸命に心を落ち着かせてみる。

「とにかく、殿下がどうして私を選んだのか、理由を聞いてみる。……たぶん、やっぱり何かの間違いでしかないはずよ。早々に送り返されないように頑張ってもみるけど、結局は、離宮を見学して帰ってくるだけのことになると思うわ」

その返事に、父もうなずいた。

「そうだな。きっと、何かの間違いに決まっている」

「そうよね」

「そうだろうな」

それに母も加わった。

「たぶん、そうね」

アンネリーゼはあえて笑みを浮かべてみせた。

「離宮を十年ぶりにチェックしてくるわ。まだ新しいけど、温泉成分が強いから、腐食している箇所があるかもしれないし」

クレメンス王子と直接言葉を交わせると考えただけでも、卒倒しそうに幸せなのだ。だけど、何かの間違いとしか思えない。選ばれる要素が何もない。何よりアンネリーゼは、多くのエースタライヒ男性が好む、豊満な体型ではないのだから。

すべての男性は、豊満な体型が好きだ。その認識は、社交界デビューしてからの数年間で、アンネリーゼの中にしっかりと根を下ろしてしまった。

だから、きっと自分は選ばれない。

それでも、クレメンス王子と親しく言葉が交わせると思っただけで、胸がぎゅっとして、甘い恋のときめきが全身に広がっていくのだった。

アンネリーゼがカランタニアの離宮に到着したのは、それから数日後だった。

カランタニアは、王都から馬車で半日ほどの街道沿いにある。離宮はそこよりも、さらに山のほうに位置していた。

クレメンス王子からの結婚の申し入れは、当然、何かの間違いだ。その認識があったからこそ、離宮に行く目的として、しっかりと建物や設備の補修をするつもりになっていた。

父から離宮の設計図を手に入れ、補修が必要ならばすぐに取りかかれるように、測量の道具や漆喰《しっくい》や木材などを、馬車いっぱいに積みこんだ。

侍女は一人しか連れていかないが、代わりに補修をする職人を三人連れていくことにした。腕が鳴る。

おかげで、馬車にはアンネリーゼのドレスなどはほんの少ししか乗らなかった。

だけど、気にすることはない。誤解が解けるまで、きっと何日もかからないはずだ。

馬車で離宮に近づくにつれ、山の木々の間から美しい建物が周囲を圧倒してそびえ立っているのが見えてきた。

馬車はその建物からかなり離れたところにある門をくぐり、広大な庭を抜けていく。馬車の窓から、綺麗《きれい》に剪定《せんてい》された木々が見えた。

ことさら木々を刈りこみ、開けた庭にしてあるのは、この周辺には生物が多いからだ。

動物の侵入を防ぐために外側に巨大な柵を巡らせているものの、万が一にも熊や鹿などがその内側に入りこみ、温泉でくつろいでいる人々を脅《おびや》かすよなことがあってはならない。

——だから、広い芝生のスペースを作ってあるのよね。それが自然の柵となって、野生動物はその内側に入りこんでこないの。

馬車はその庭を抜けて、建物の正面で停まった。

離宮には桜色の色大理石が多用されていた。

可愛らしい雰囲気が、ここが王妃の温泉療養のための離宮であると伝えてくる。要所要所に古典様式の柱が立っていて、荘厳さを際立たせている。

——とても可愛《かわい》らしくも、堂々とした建物だわ。

これを設計した父のセンスに、アンネリーゼは感服するしかない。自分とは少し趣味が違うが、それでも父の造った建物はどれも見事だ。

離宮は多くの客室からなり、王妃が不在のときも国内外の温泉療養の賓客をもてなす場として機能しているらしい。温泉療養のための露天風呂は、建物から少し離れた庭の一角にあった。

後ほどそこを見ることを楽しみにしながら、アンネリーゼは馬車から降りた。大勢の使用人が出迎えのために集まっている。その人数に、目をみはった。

離宮では侍女をつけるから、随行員は最低限でいいと言われていた。その言葉に甘えたが、ここまでの人数がいるならば、侍女は一人もいらなかった、と思えてくる。

馬車に積んできた荷物は、全部使用人たちが部屋まで運んでくれることになった。別の馬車で来た職人たちは、アンネリーゼとは別棟の部屋を与えられるそうだ。

うやうやしく挨拶《あいさつ》をした初老の男性は、王子の侍従の一人だということだった。

アンネリーゼを離宮の部屋まで案内してくれる。広い邸内を歩き、奥まった一角にある自分用の部屋に入った途端に、そのあまりのきらびやかさに圧倒された。

この離宮が完成したころ、来てはいる。だが、滞在したのは、工事中の離れだった。そこは板剝《む》き出しの仮設だったのだが、ここは違う。

「え？　えっ？　えっ？　ここ、私が？」

狼狽《ろうばい》しきったつぶやきが、アンネリーゼの口から漏れる。

部屋の壁は落ち着いたピンクと白が基調となっており、花をモチーフとした優雅な壁紙と装飾で彩られていた。

天井から下げられているシャンデリアは、クリスタルの輝きがまぶしい最高級品だ。調度も素晴らしくて、宮殿と同クラスではないだろうか。どこを見てもきらびやかだ。ここまで豪華な客室に、自分の存在だけが異質だ。こんな部屋で、落ち着けるだろうか。

——まさに、貴賓扱《あつか》いだわ。男爵令嬢を通す部屋じゃない。

王室やそれにゆかりのある人間のための部屋だ。

調度のしつらえも見事で、圧倒されるばかりだったが、不意に空気がよどんでいるのが気になった。

侍従が下がり、侍女がお茶を準備している間に、アンネリーゼの視線は室内の端から端へと移動していく。それだけでは満足できず、立ち上がって手を翳《かざ》し、空気の流れを確認し始めていた。大きく取った窓から、真っ青な空と庭が見える。

——採光はとてもいいわ。だけど、……空気がいい感じに流れていない気がする。秋だから暖炉はふさがれているとしても、他にも原因はある？

父が造った建物には、欠点がある。父のみならず、同時代の建築家にも、それ以前の建築家にも言えることだ。彼らの造った建物は見かけはとても立派なのだが、住み心地に難があるのだ。

──あくまでも外観の美しさ最優先だから、住み心地なんて二の次になるのよね。

アンネリーゼは窓に近づき、その大きなガラス戸を開け放った。

ここは窓を大きく取ってあるから、それだけで空気のよどみはなくなったが、空気が入ってくる場所と抜ける場所の窓の位置が一致していないのが引っかかる。この離宮の構造や、この部屋の窓の位置を頭の中で図に描いて検討し始めていた。

──やっぱり、実用性よりも、見栄えね。父さま、そういうところある。

図面で確認したかったが、使用人が馬車から荷物を下ろし、この部屋まで運びこんでくるには、まだしばらく時間がかかりそうだ。

アンネリーゼはすぐにでも自分の思いつきを確認したかったので、テラスから庭に出た。

与えられた部屋は一階にあり、そのまま離宮の庭に出ていくことができる構造だ。

自分の部屋の窓がある一角をまるごと視界に収められるところまで、庭をずんずん進んでいく。

離宮はとにかく大きかったから、かなり離れる必要があった。こまめに手入れがされている庭は、歩くだけでとても気持ちがいい。芝生も綺麗に刈られ、ドレスの裾《すそ》が引っかかるような草も伸びてはいない。

芝生を踏んで、アンネリーゼはどんどん庭の奥のほうへと、歩いていく。

その途中にも、咲き乱れる花壇の花々の美しさに目を奪われた。

ここはエースタライヒ王国においては、いくつかある離宮の一つでしかない。だが、小国においては王宮に相当する規模の建物だろう。

あらためて振り返り、離宮全体を見上げてみると、使われている建材の豪華さや、可憐《かれん》でありつつも堂々とした造りの見事さに惚れ惚れした。特に窓や屋根の装飾が繊細で、バランスにも気が配られている。

――古典風と今風の装飾が、いい感じに融合しているのね。父さまのこのセンス、とても好き。

アンネリーゼの到着の知らせを受けてクレメンスが挨拶に来ると侍従から言われていたのだが、すぐに戻れば間に合うはずだ。離宮の全体像を見るだけだから、さして時間はかからない。

とにかく今は、窓の配置や並びを確認するのが先だった。

だが、適当なところで足を止めて、離宮のほうを振り返ったアンネリーゼの耳に、誰かの声が聞こえてくる。驚いて周囲を見回してみると、背にした茂みの向こうにあずまやがあって、そこに人がいるらしい。

――あら。……どう……しよう。

客だろうか。そのまま正面まで回りこんで挨拶すべきか、そっと立ち去るべきか悩む。あまり社交は得意ではなかったが、新参者だから挨拶したほうがいいだろう。そう考えて、正面に回りこもうとしたときだ。

若い男性の声が、ハッキリと聞こえた。

「今日、到着するんだよな」

「ああ、そのはずだ。僕の、……いい人が来る」

その声を聞いた途端、アンネリーゼの足が止まった。

――クレメンスさまだわ……！

成長したクレメンスの声を聞く機会は、そう多くはなかった。それでも、伸びやかで甘く響くその声には特徴があって、すぐにわかる。

いい人、というのは、もしかして自分のことなのだろうか。

そう考えた途端、ドキドキしすぎて息ができなくなる。

動けないでいると、さらにクレメンスの声が聞こえてきた。

「明日帰るというのは、本当なのか？　もう少し、僕のいい人を見ていかないか？」

「遠慮する。邪魔したくはないからね。それに、ここの温泉はなかなかよかった。ハンガリアにもいくつか温泉があったから、うちもそこに別荘でも建てようかな。たまに、老人が体調を崩す。長患《ながわずら》いにもいいはずだ」

——話している相手は、ハンガリアの王子よね？

王宮の音楽会で、クレメンスと二重奏をしていたハンガリアの王子の麗しい姿が思い浮かぶ。諸国外遊の最中だと、紹介されていた。

年頃になった王子や高位の貴族が近隣の国々を巡り、王族や貴族と親交を深めたり、結婚相手を探したりするというのはよく聞く話だ。

「ところで、——理想の胸を発見したというのは、本当か？」

楽しげなハンガリアの王子の声に、アンネリーゼは固まった。

——理想の胸？

胸に関することには、人一倍敏感なアンネリーゼだ。

かつてないほど耳に意識を集中させていると、クレメンスの返事が聞こえた。

「ああ。彼女は、僕の理想の胸の持ち主なんだ」

それを聞いた途端、アンネリーゼは目の前が真っ暗になっていくのを感じた。立っていられなくなって、その場にへたりこむ。

——どういう、……ことよ？

視界がぐらぐらした。

クレメンスが縁談を持ちかけたのは、まさかアンネリーゼの胸が理想の胸だと思ったからとでもいうのか。

——そんなバカな。一番あってはいけない間違いでしょ？

だが、よく考えてみれば、アンネリーゼが社交の場に出るときには、侍女たちに胸をふんだんに盛ってもらう。寄せて上げて詰め物をして、理想の形に仕上げてある。詰め物がちょうどいいあんばいに詰めこまれた胸は、自分でも惚れ惚れするような形だった。

まさか、その偽物の胸が、クレメンスの劣情を刺激したのだろうか。

——え？　でも、ちょっと待って。どこで見たの、私の胸。この前の演奏会の最中に、大勢の令嬢の中から見つけたの？

あり得ない。

そうは思うが、今、しっかり聞こえたのだ。理想の胸、だと。

そのとき、遠くから王子たちを探す侍従の声が聞こえてきた。ここで誰かに見つかるわけにはいかない。

だが、ショックのあまり、へたりこんでドレスの膝を抱えこむことしかできなかった。あずまやの陰になっていたから、その姿は侍従の目にはつかなかったのかもしれない。

あずまやのほうから、侍従の声が聞こえてきた。

「こちらでしたか。オトマイアー男爵令嬢が、到着されました」

その言葉に、クレメンスが機嫌よく応じる気配があった。

「ああ。ならば、出迎えよう。我が愛《いと》しい人を」

「俺も、その理想の胸とやらを、拝ませてもらおうかな」

二人の仲はかなりよいらしく、連れだって離宮の建物のほうに戻っていくのがわかる。

この会話からも、やはりアンネリーゼが『理想の胸』の持ち主だと、クレメンスが思いこんでいるのは明らかだ。

その足音が完全に遠ざかってから、アンネリーゼはようやくふらつきながら立ち上がった。

――どういうことよ？

そっと自分の手で、胸のあたりを探ってみる。

旅の最中は、窮屈なコルセットはしていない。だけど胸が小さいことを知られないように、ふんわりとしたドレスをまとっていた。

出入りの仕立屋はアンネリーゼの体型を熟知しているから、コルセット前提の正装用のドレスは別として、気楽な外出着として仕立てられるのは、胸元のボリュームをごまかせるデザインのものだ。今日もその類《たぐ》いの旅装だった。見ただけならごまかせるが、触ってしまえば、そこに肉がないのがすぐにわかる。

「理想の胸……理想の胸……」

遠い目をして、アンネリーゼはブツブツとつぶやく。

盛る技術なら十分にあった。今回、連れてきた侍女は一人だけだが、彼女の盛る技術はエースタライヒ一ではないだろうか。コルセットをつけさえすれば、自分は理想の胸を手に入れられる。

――だけど、……それは全部偽りで、……偽りなのに、クレメンスさまはその胸を理想だと思っていらして。

全身に、悪寒が広がっていく。

大好きだったクレメンスでさえも、たわわな胸が好きなのだ。

それでも、嫌いになれないのが悔しい。

自分の体型が彼の好みではないことに、悔しい気持ちばかりが広がっていく。

ショックを受けたアンネリーゼがなかなか庭から戻ってこられなかったために、クレメンス王子との顔合わせは、晩餐会《ばんさん》のときまで持ち越された。

その旨を、アンネリーゼは侍従から伝えられた。

晩餐会は夕方からだそうで、それまであまり時間はない。すぐに、夕食用のドレスに着替えて、準備を始めなければならない。

オトマイアー男爵家から連れてきた侍女がいそいそと衣装と装身具を取りそろえ、まずはコルセットから身につけることになったのだが、アンネリーゼの沈んだ気分はなかなか浮上しなかった。

うつむくたびに、自分の生の胸のボリュームのなさばかりが目につく。このまま消えてなくなりたくなる。

これからできることといえば、王都にすぐさま引き返すことぐらいだ。自分が彼の『理想の胸』の持ち主であるという、とんでもない誤解ゆえの結婚相手候補だと判明したのだが、それでもクレメンスに気持ちが残っている。

せめて一目会って挨拶してから消えたいと思うのだが、沈んだ気持ちはなかなか元には戻らない。

——だけど、胸が全くないってわけでもないんだけどな。

このエースタライヒの女性があまりにもたわわすぎるから、その対比によってアンネリーゼがひどく貧弱に見えるだけだ。てのひらで包みこんだら、それなりの柔らかさも、ボリュームもある。寄せて上げるだけの、必要最低限の肉はあるのだ。

——だけど、男ってほんと、豊満なおっぱいが好きだから。

クレメンスのことを、深く知っていたわけではない。九歳のころに、この離宮で親しく言葉を交わし、一緒に遊んだ過去があるだけだ。そのころに抱いた淡い恋心を、アンネリーゼはずっと大切に抱えているのだが、人は成長するし、変わる。クレメンスが女体の一部に特別に執着するような大人になっていても、何も不思議ではない。

——にしても、よりにもよって胸。理想を求めすぎると、極端な方向に走るって聞くわよね。建築や、彫刻でも、そういうのはちょくちょく聞くもの。クレメンスさまの場合も、胸に調和を求めすぎたあげく、行き着いたところが私の偽胸ってわけ？

偽だからこそ、ボリュームも左右のバランスもちょうどいいのだ。

だが、全部偽りでしかない。

だんだんと胸が苦しくなってきたアンネリーゼは、コルセットを締められている途中で思わず声を放った。

「待って」

その声がよっぽど苦しげだったのか、侍女が驚いたように動きを止める。

いつもなら苦しくてつらいコルセット着用作業も、クレメンスへの思いがあれば耐えられる。なのに、今日だけはそれができそうもない。

アンネリーゼはふらつきながら、近くにあった椅子に座った。

じわじわと涙があふれ出しそうになったのを、どうにか両手で頬を支えて堪《こら》える。流れ出さないようにするだけで精一杯だ。

「ちょっとだけ待ってね」

「お嬢様。……どうかされました？　どこか具合でも？　おやつの食べすぎでしょうか」

侍女がおろおろした様子で、アンネリーゼの様子をうかがう。いつも元気で、へこたれないアンネリーゼがこういう姿を見せることは滅多《めった》にないからだ。

「違うの。……私はあなたの助けを借りて、たっぷり胸を盛ってきたわ。その甲斐《かい》あって、見事に、高らかに、脇や背中の肉をいっぱい寄せ集めて、生身の豊満な胸と見分けがつかないぐらい、素敵に偽装することができていたの」

侍女たちの努力には、感謝するばかりだ。だけど、その技術レベルがすごすぎて、クレメンス王子に誤解させた。

理想の胸だと、嬉しそうに語ったその声が、頭の中でわんわんと響く。

「だけどね。どんなにうまくいったところで、閨《ねや》に入ってまで、この胸を保てるわけじゃないの。そう思ったら、偽装するのがむなしくなって。いっそ、盛らないで、行っちゃおうかしらって」

クレメンスのキラキラした姿を間近で拝めるだけでも寿命が延びると思って、ここに来た。だが、自分がお妃候補なんておかしいから、すぐに間違いに気づくだろうと思っていた。その間違いが何なのか判明した今、コルセットで取り繕ったところで、破綻するに決まっている。

結婚した男女がどういうことをするものなのか、この離宮に発つ前に、母が図解つきで詳しく解説してくれたから、知っている。

もしかしたら、結婚前にそういうことまではしないのかもしれないが、あれほどまでにクレメンスは『理想の胸』を楽しみにしていたのだ。結婚後にそれを知ったら、死ぬほどがっかりするに違いない。

大好きなクレメンスに、大事な人生の選択においてそんな失望を味わわせたくない。これは早々に、事実を暴露して、身を引くべきではないのか。

昔からアンネリーゼに忠実に仕えてきた侍女は、膝をついてアンネリーゼを見上げ、慰めるように言ってきた。

「ですが、お胸が小さくても、アンネリーゼさまは素敵ですわ。いつでも元気で、気力に満ちていらして、私どもにはわからない難しいこともいっぱい、知っていらっしゃるし」

「マニアックな話は、社交界ではウケが悪いのよ。前に話したでしょ。私のあだ名の『水オルガン』について」

「それでも、結婚までは閨に入ることはありませんし、逆に関係を持ってしまったら、結婚するのが、身分の高い方々の決まりかと」

エースタライヒ国教会では婚前交渉を禁じるのと同時に、神の御前で結ばれた男女の離婚を固く禁じている。結婚式をあげさえすれば、よっぽどのことがない限り、離婚されることはない。

だが、そんなにも甘いものだろうか。

理想の胸だ、とクレメンスが嬉しそうに言った声が、アンネリーゼの心をズキズキと痛ませる。

「だけどね。やっぱり、無理があると思うのよ。何より、クレメンス殿下をがっかりさせたくないの」

クレメンスも、他の男性と同じように、たわわな胸が好きなのだ。

そう思うと、またじわりと涙があふれた。努力してかなうことなら、クレメンスのために頑張れる。だけど、たわわな胸は手に入らない。これほどまでに大好きな人に望まれているのに、自分には彼の望むものが備わっていないのだ。

「お嬢様……」

侍女がおろおろしながら、アンネリーゼの涙を拭《ぬぐ》うためにハンカチを渡そうとした。

だが、侍女の代わりに、丁寧に涙を拭ってくれた人がいる。誰かと思って視線を向けると、見知らぬ相手だったから驚いた。

――え……？

侍女の格好をしている。侍従が、アンネリーゼに何人か侍女をつけると言っていた。その、離宮付の侍女かもしれない。

――いつからいたの？

自分の秘密を聞かれてしまったかもしれない、という衝撃に、アンネリーゼの顔から血の気が引いていった。どこからどこまで、聞かれていただろうか。

侍女はアンネリーゼの胸元に、何気なく視線を向けているようだ。

まだ寄せて上げる作業の途中だ。コルセットでかろうじて隠されてはいたが、その胸元のボリュームのなさが如実にわかる状態だった。

――おしまいだわ……！

到着したばかりだったが、やはりこのまま王都に逃げ帰ろうと思った。侍女からの報告によって、アンネリーゼが『理想の胸』の持ち主ではないことがクレメンスに知られてしまうだろう。縁談はこれでなかったことになるはずだ。

――だけど、これでいいのよ。

クレメンスへのお目通りはかなわなかったが、下手に希望など持たないほうがいい。

アンネリーゼは震える声を押し出した。ぎゅっと目を閉じた拍子に、新たに涙が頬を伝う。

「クレメンス殿下にお伝えください。私はもう帰ります。理由としては、……私は、殿下の望むような存在ではありませんから、と」

アンネリーゼよりもかなり年上の侍女は、しばらくじっとこちらを見返していた。それから、微笑みを浮かべて、取りなすように言ってきた。

「アンネリーゼさまは殿下に望まれて、ここに招かれたのです。何も気に病む必要はございません」

――え？

その返答に、アンネリーゼは戸惑った。

「ですけど……っ」

「私は長いこと、殿下にお仕えしてまいりました。今回も殿下に直接命じられてここにやってまいりました。アンネリーゼさまが不自由なくこの離宮で過ごせるようにはからえと。殿下はアンネリーゼさまとお会いするのを、とても楽しみにしておられます。何も心配することはございません」

「だけど！　知ってるでしょ、殿下の理想の胸……」

やけになって言うと、侍女はアンネリーゼの手をぎゅっと握った。

「必要があるのでしたら、胸の大小を隠して閨をやり過ごす作法について、お教えしましょうか」

「え」

何を言い出すのかと、アンネリーゼは息を呑《の》んだ。

問題なのは服を脱いだ後のことだ。それをごまかす方法があるなんて思えない。だが、あるのなら聞いてみたい。

クレメンスのことが、どうしても好きなのだ。

「どうするの？」

「秘本はございますか？」

その侍女は、アンネリーゼが連れてきた侍女のほうに顔を向けた。アンネリーゼが連れてきた侍女は緊迫した空気を感じ取り、荷物の中からさっと秘本を取り出して渡した。

それは嫁《とつ》いできた母の実家に代々伝わってきたものだそうだ。母もその母から渡されたと聞いた。何も知らないウブな令嬢に、閨の作法を図をもちいて理解させるものだ。

その秘本の絵図面を、侍女はアンネリーゼの前で開いた。

「女性が、閨で身体を隠すためには、いくつか秘訣がございます。まず、部屋を暗くすること。そして、女性がリードすること。男性に迂闊《うかつ》に手を伸ばされて、自由に触られたらおしまいだと、理解してくださいませ」

かなり具体的な提言に、アンネリーゼはうなずくしかない。

「そうね。触られたら、おしまいね」

「触らせないと、男性側のお楽しみがないですから、多少は触らせてもいいのですが、あくまでもその範囲を限定すべきです。たとえば、乳房全体を触らせるのではなく、乳首だけにするとか」

驚きとともに、目の前が開けていくような気がした。胸を大きくする方法はないと諦めていたから、胸の大きさをごまかす方法があるなんて思わなかった。

そんなふうに言われると、可能性があるのかもしれないと思えてくる。

「そして、絶対に取ってはいけない体位は、正常位と騎乗位です」

――正常位と騎乗位？

まだ性的な体験のないアンネリーゼだから、言われてもすぐに体位が頭に浮かばない。

そんなアンネリーゼに、侍女は本のページをめくって二つの体位を指し示した。

「女性が寝て、男性がそれに重なる正常位は、女性側が仰向けになる分、胸が平らに流れます。そして、騎乗位は女性が上になって男性の腰をまたぐ体位ですが、正面から向かい合う分、胸全体がことさら相手に意識されるかと」

「なるほどね！」

処女であるアンネリーゼにとっては、なかなか刺激が強い絵図面だ。こんなふうに大きく足を開いて男性と結合するのだと考えただけで、頭がクラクラする。頬が火照《ほて》ってきたが、侍女が教えてくれる内容はちゃんと頭に刻みこむ。

状況としては何も変わっていないのだが、もしかしたらたわわな胸がないのを隠して、クレメンスとの結婚まで持ちこむのも可能ではないだろうか。そんな希望が湧き上がる。

「逆に、アンネリーゼさまが選ぶべきなのは、胸の大きさが目立たない背後からの体位です」

絵図面を指し示されて、アンネリーゼはごくりと息を呑んだ。いちいち刺激が強い。

「確かに、背後からだと、胸は見えないわ」

「この場合、背後から胸元を探られることもございますが、あくまでも手探りですから、ボリューム感がごまかせます。意外と気づかれないものです。それでも気になるのでしたら、いっぱい動いて躍動感を」

「いっぱい動いて、躍動感……！」

なんだか、びっくりする情報ばかりだ。

閨でこの課題をこなして、あれこれするのは、どれだけ可能なのだろうか。

胸を理想視するほど、その部分に固執しているらしいクレメンスが、乳首だけへのタッチで納得してくれるのか。だが、与えられた課題をクリアするという目的ができたことで、打ちひしがれた心が復活する。

もともとへこたれない性格だ。大きな建築物を完成させるためには、へこんでいる暇はない。

情報を頭の中で整理していると、励ますように侍女が言ってきた。

「大丈夫です。遠い東の大陸に君臨する皇帝に、まつわる逸話がございます。男が女性に化けたまま、妃として閨を務め続け、三人の子供までもうけた、とか。さすがに男では孕《はら》むことができませんから、どこかからのもらい子でしょうが、その気になれば、そこまで閨でのことをごまかして、務めきることも可能だそうでございます」

アンネリーゼは絶句した。

「男が、……妃として……」

どうやって男の身体で、そこまでの偽装ができたのかわからない。そこまでの極端な例を聞けば、希望が湧く。さすがに自分は女の身体なのだから、そこまでの無理はせずにいけるはずだ。

ただ胸のボリュームが少なすぎるのを、ごまかせばいい。

じわじわとやる気になってきた。

今までも、父の手伝いで、さまざまな困難にぶつかってきている。だが、それらをアンネリーゼは体当たりで乗り越えてきた。

「そうね。……やれるだけ、やってみてもいいかもね」

何せ相手は、ひたすら憧れてきたクレメンスなのだ。

彼に近づき、すぐ近くで視線を交わし、キラキラ成分を摂取して、いい匂いを嗅ぎたい。

それだけで幸せだ。理想の胸があったとしても、自分はどこかでヘマをして、あの美しすぎる王子の妃になることは、きっと無理だったに違いないのだ。

そう思えば、やれるだけやってみるのもいい。一生に一度ぐらいは、おばあさんになっても吹聴《ふいちょう》できる華やかな武勇伝を打ち立てたい。

――そうよね！

バレたらすぐに、アンネリーゼはオトマイアー男爵邸に戻り、一生結婚しないことを高らかに両親に宣言する。髪を切り、父の助手としてこの先も使ってほしい、と強引に頼みこんで、建築家としての道に邁進《まいしん》するのだ。

――母さまは、がっかりするだろうけど。

殿下の結婚相手に選ばれたことで、母は舞い上がって、いろいろドレスや装身具を準備してくれた。かさばるからその大半は置いてきてしまったが、一度だけでも夢を見させることができたはずだ。

――私も、……夢を見るわ。ほんのつかの間の夢。

アンネリーゼは自分の身体を見下ろす。

実際にはこんな貧相な胸だが、クレメンスが『理想の胸』だと誤解してくれたのだったら、いっそその大きな波に乗るしかない。

苦労して寄せて上げてきたのだ。その成果としての、おいしい果実を一かじりしてもバチは当たらないはずだ。

シャンデリアの光に照らし出された離宮の廊下や広間は、夜になるとますます絢爛豪華《けんらんごうか》でミステリアスな闇を孕む雰囲気となった。

さすがに宮殿より規模はかなり小さいのだが、コンパクトな分、隅々までの装飾の精緻《せいち》さが目につく。父が宮殿に対抗して、ねちねちと暗い執念をこめて造ったのが伝わってくる素晴らしさだ。

通り抜けてきた広間は金銀の反射がまぶしいぐらいだったが、侍従に案内されて到着したダイニングは、かなり落ち着いた雰囲気だった。

天井からいくつものシャンデリアが下がり、その光の下に置かれたテーブルが映える。

室内はブルーの色大理石をメインにした色調に統一されていた。壁は壁紙を貼ることなく、漆喰の白さを生かして、清潔感あふれる浮き彫りだけの装飾になっている。

中央にある細長いテーブルには真っ白なテーブルクロスが敷かれていて、二十人ほどが同時に着席できる広さだ。

だが今夜、食器が準備されているのはその一角だけだ。

侍従に先導されて、アンネリーゼは空《あ》いている席へと楚々《そそ》とした足取りで向かった。

すでに盛装姿のクレメンスとハンガリアの王子が席に着いていた。同じく盛装のアンネリーゼが近づいていくと、それに気づいて二人が立ち上がった。

――わ！　生の、クレメンスさま……！　ハンガリアの王子も、顔面が完璧だわ！

その麗しい二人の姿を見ただけで、アンネリーゼは緊張と興奮に気が遠くなりそうだった。

テーブルを回りこみ、まずアンネリーゼに近づいてきたのがクレメンスだ。

「アンネリーゼ嬢。遠い離宮まで、ようこそ。旅の疲れはありませんか」

シャンデリアの光に照らし出された彼の顔は、陰影がいつもより際立っていた。まつげが長く、その先に光の粒がキラキラと宿っている。深いブルーの目でじっと見つめられただけで、アンネリーゼは魂が抜けていくような気がした。

そげた頰のラインに、理想的な鼻の形。少し肉厚で官能的な唇。

アンネリーゼの好みがそのまま人の形になったような絶対的な美を、クレメンスはその身に宿していた。

答えることも忘れて棒立ちになったアンネリーゼの手を取って、クレメンスはその前にひざまずく。

その後のクレメンスの行動に、アンネリーゼは完全に魂を飛ばしそうになった。

「……っ」

クレメンスが自分の手の甲に、キスしているなんて現実だろうか。端正な肩のラインと、頭部のラインすら美しい長身を、夢の中の出来事のようにぼうっと見つめるしかない。

少し前までアンネリーゼはクレメンスを遠くから見つめる大勢の中の一人でしかなかったはずだ。それが、いったいどうしたことか。

そのとき、顔を上げたクレメンスと目が合った。

それだけで致命傷を負ったようにドキッと鼓動が跳ね上がり、さらにどんどん大きくなって鳴り響いた。

——このままでは、死ぬわ……！

美しすぎる男は、自分の息の音を止めるのだと、我が身で思い知る。

昔もクレメンスは美しい少年だったが、今は成熟して完成された美しさを備えるようになった。

今まで自分が抱いていたのは、憧れでしかなかったのだと思い知る。クレメンスという偶像に、恋していただけだった。だけどその気持ちが、彼に手を取られ、直接手の甲にキスされることで、実体を持つものへと変化していくのがありありとわかる。

血肉を持つ存在になったクレメンスから視線が離せない。完全に恋をした。もはや、この運命から逃れることはできないほどの。

クレメンスにとっても、アンネリーゼの存在は不思議と衝撃的だったようだ。

穴が空くほど、まじまじと顔を見つめられた。

「よく来てくれましたね」

感動したようにつぶやかれたが、どうしてそこまでクレメンスから熱っぽく見つめられるのか、アンネリーゼにはまるでわからない。彼に手を取られているだけで全身が燃えるように熱くなり、思考力が極端に落ちていたからだ。

ぼんやりしていると、クレメンスが立ち上がった。

そのまま離れられるのかと思いきや、次の瞬間、とてもいい香りが鼻孔《びこう》いっぱいに広がった。どうしてこんなにもいい匂いがするのかしら、と考えたが、クレメンスにぎゅっと抱きしめられていることに気づく。

――え?　……え?　え?　え?

刺激が強すぎることばかりが連続して起きたことで、アンネリーゼは倒れる寸前だった。顔が押しつけられているのはクレメンスの肩だろう。心臓が壊れそうなぐらい鳴り響き、このまま自分は卒倒して死ぬと思った。

この抱擁は、親しみの表現なのだろうか。だが、出会ったばかりの異性をいきなりこんなふうに抱きしめることなど、エースタライヒ王国の宮廷のマナーにはないことだ。

――これは、……大好きな人にする抱擁《ほうよう》よ。恋人同士とかの。

息をするたびに、魂まで奪われそうないい匂いが脳髄に染み渡り、頭が麻痺《まひ》する。

これは、高貴なる人の匂いだ。ふと、先日の音楽会のときにコルセットを緩めてもらった貴族の男性を思い出した。

――あの人と匂いが似てる。……だけど、……これは別の香水。

その彼とクレメンスが同一人物である可能性があるのかと考えようとしたが、さらにクレメンスの腕にぐっと力がこめられたので、そちらのほうに意識を奪われた。

息が詰まりそうな抱擁の後で、クレメンスの腕がほどかれる。

だけど、額と額がくっつきそうな距離から、顔をのぞきこまれた。

クレメンスが浮かべていたのは、少し照れくさそうな笑みだ。彼は茶目っ気たっぷりに笑いかけてきている。

「すみません。いずれは僕の妻となる人だと思うと、感動のあまり、我慢ができず」

美しさに親しみが加わると、さらに破壊的に魅力が増す。

アンネリーゼはクレメンスから目が離せない。

彼の瞬きの一つや、視線の動きにさえも、魅了される。

これ以上、クレメンスのキラキラ成分を摂取したらどうにかなってしまう。そう思ったとき、タイミングよくハンガリアの王子が割りこんできた。

「気が早すぎる。クレメンス。私にも、アンネリーゼ嬢に挨拶させてくれ」

彼はアンネリーゼにさして興味を持った様子ではなかったが、クレメンスに場所を譲らせた後で、美しく儀礼的な挨拶をしてくれた。

割りこんだのは、早く食事を始めたかったかららしい。ハンガリアの王子は挨拶の後で、合図を待ち構えていた侍従にうなずきかけた。それから、席にアンネリーゼを案内してくれる。

だが、ハンガリアの王子の視線が、その途中でチラリとアンネリーゼの胸元に移動したのは、気のせいではないはずだ。

アンネリーゼは夕食用のドレスだ。ノースリーブで、肩や胸元を露出した優雅なドレスを着用している。

クレメンスの言う『理想の胸』というものを、今の一瞥《いちべつ》で確認されたのではないだろうか。

――きっとそうだわ。

そう思うと、気が引きしまる。ついさっき、二人はそのことについて話していたのだ。

――だけど、大丈夫。偽胸は完璧なはず。

ドレスの下にはしっかりとコルセットをつけており、自分でも惚れ惚れするほどいい感じに胸を寄せて上げてある。この姿なら、何ら臆することはない。

クレメンスとハンガリアの王子は並んで座り、アンネリーゼは向かいの席だ。

侍従にうやうやしく椅子の位置を整えられながらも、アンネリーゼはテーブル上の美しさに魅了された。

真っ白なテーブルクロスの上に幾重にも重ねて置かれているのは、エースタライヒ王室御用達の、クリーム色の陶器だ。繊細な薄い陶器に草花や果実をかたどった浮き彫りが施され、整然と並べられている。

――素敵ね。

アンネリーゼは美しいものが好きだ。

美しい建物は、ただそこに存在しているだけで、アンネリーゼを魅了する。その建築思想に思いを馳せ、視界いっぱいにそれを収めるだけで満足することができるのだ。

そんな美しい建物に匹敵するだけの魅力を、クレメンスは備えていた。

食器から視線を上げると、見るだけで魂を奪われるほどのハンサムな顔がすぐそこにある。

さすがに、どこもかしこもきらびやかすぎて、目がしょぼつく。

それでも、目にしているものが何もかも調和が取れて美しいことに、アンネリーゼは満足した。並んで座っているハンガリアの王子も、見目麗しい。

――夢の夜だわ。

ぼうっとしている間に晩餐会は始まり、クレメンスがにこやかに話しかけてくる。

道中、変わりはなかったかとか、父のこととか。だけど、アンネリーゼはまばゆさに圧倒されてしまって、それらにちゃんと答えられたかわからない。

気づけば、この離宮の建物について話し始めていた。

社交界で『水オルガン』のあだ名をつけられたことを思い出して止めようとしたが、緊張と興奮でまともに頭が働かない。

そんなアンネリーゼに注がれるクレメンスの視線は、不思議なほど優しいものだった。チラチラと、その視線が胸元に落ちるのが気になりはするが、それでも彼と一緒にいられる幸福感のほうが勝る。

夢の中の出来事のようで、何を食べているのか、飲んでいるのか、自分がどんな返事をしているのか、だんだんとわからなくなる。

だが、そんなアンネリーゼでも、クレメンスが許容してくれるのが嬉しい。

アンネリーゼがだんだんと言葉少なになり、まばゆさに疲れきって反応が鈍《にぶ》くなっているると見て取ったのか、次第にクレメンスとハンガリアの王子の二人で、話を回すようになっていた。

ハンガリアの王子は、明日にはここを発つそうだ。彼の諸国外遊についての話が、面白おかしく披露される。

その話にアンネリーゼは惹きつけられた。

いろんな国の建築を見るために、自分もいつか諸国を巡りたい。そのための情報を、ハンガリアの王子はくれる。どの街道なら安全だとか、あの国は絶対に避けたほうがいいだとか、逆にその国は絶対におすすめだとか。

「クレメンスも、近いうちに諸国外遊に出たいともくろんでいて、私にあれこれ聞いてきましたが、……やめたそうですよ」

そんなふうにハンガリアの王子は言って、意味ありげにクレメンスを見た。

その視線を受け止めて、クレメンスは肩をすくめた。

「このエースタライヒに、僕好みの女性はいないものだと絶望していたからね。だけど、アンネリーゼ。君と出会えた」

そんなふうにささやかれ、クレメンスの熱いまなざしがアンネリーゼに向けられる。

彼がアンネリーゼに執着し、独占しようとしているのが、この食事の間にも伝わってきた。

肉は必ずクレメンスがアンネリーゼの分を取り分けてくれるし、ワインを注ぐことですら、クレメンスがしたがるほどなのだ。

クレメンスはアンネリーゼよりも七つ年上の二十六歳だ。昔はひょろりとした背の高さが目についていたものの、今は伸びやかで厚みのある身体となり、成人した男の色香が漂う。

身につけているのは、艶《つや》やかな盛装だ。瞳の色に合わせた深いブルーの長衣の縦のラインに金銀の精緻な刺繍《ししゅう》が施され、飾りボタンには大きな宝石が輝いている。

テーブルの上で、時折組み合わされる指の形まで、完璧な美しさだ。

その目でアンネリーゼの動きを逐一見守り、出された食材にどのソースをつけるべきかまごついたときには、すかさず助けを出してくれる。彼にとってアンネリーゼは初対面に近いはずなのに、全身で好意を示してくれているのが感じ取れた。

そのまなざしの強さに圧倒される。

こんなふうに見つめられ、息苦しくなるほどにかまわれるのは、彼に恋したアンネリーゼにとっては、たまらなくゾクゾクする体験だった。

――もう、何をされてもいいかも。

夢のような時間だった。

ここまで美しい青年に求婚され、魅入《みい》られたからには、後でどんなことが待ち受けていようとも、喜んでその罠に足を踏み入れる。そんな覚悟すらできそうだ。

偽胸だからこそ、バレるときにはバレてしまうという覚悟がある。いくら侍女に秘訣を教えられたといえども、危ういゲームだ。それでもクレメンスにここまで魅入られてしまったからには、崖に向かって走るしかない。

晩餐は終わりに近づき、ハンガリアの王子が「明日、出立が早いから」と言って先に席を立った。

室内には、クレメンスとアンネリーゼの二人が残される。

不意に静けさが意識された中で、クレメンスが椅子を引く音が聞こえた。

「隣に、行ってもいいかな?」

返事をするよりも先に立ち上がっていたから、アンネリーゼはうなずくしかない。かなり積極的だ。クレメンスはアンネリーゼの椅子の後ろに回りこんできた。

クレメンスのために、椅子を準備させるべきだろうか。そう思って視線を泳がせたとき、クレメンスが背後からアンネリーゼの身体に腕を回し、ぎゅうっと抱きしめた。そのまま肩口に顎《あご》をもたせかけてくる。

——ひええ……!

内心で狂乱の悲鳴を上げたアンネリーゼの耳元に、クレメンスの吐息がかかった。アンネリーゼは椅子の背もたれごと抱えこまれて、動けなくなっていた。

——ちょっ！　展開が早いわ……!

「ようやく、二人になれたね」

そのささやきに、ぞくっと身体が深いところから痺《しび》れた。もはや、腰が抜けてしまって立ち上がれそうもない。

クレメンスが性急に距離を詰めてこようとしている。お付き合いというのは、もっとゆっくりと進むのだと思っていた。だけど、今夜にでも閨に誘われそうな勢いだ。

心臓が壊れそうなほど、ドッドッと音を立てている。

背後から回されたクレメンスの腕が、かすかに偽胸に触れていた。

右の肩に、クレメンスの美しい顔が乗っているのだ。近すぎて視線を動かすことも、首をひねることもできない。だけど、吐息が耳朶《じだ》をさらになぶる。ぞくっと、産毛まで逆立つような痺れに、アンネリーゼは震《ふる》えた。

「君を探してた。……君みたいな女性を。国内では見つからないと諦めて、遠く東域のほうまで探しに行こうとまで思い詰めていたんだ。だけど我が国内に、僕の理想の女性がいたなんて」

耳朶に息を吹きかけるようにしゃべられるから、子ネズミのように縮み上がりながらも、アンネリーゼはどうにか頭を働かせようとした。

――クレメンスさまが私を見つけ出したのは、……『理想の胸』だからよね。だけど、宮殿にはいっぱい、たわわな胸を持つ女性がいるわ。……その中で、……形とか、ボリュームとかが、……好みだったってことなの？　東域のほうまで探しに行くほどの、こだわりがあるってことは、たわわな胸の令嬢たちは、私の偽胸に比べて、何かがちょっとだけ違ってたわけ？

世界には五つの大陸があり、その遠くまで旅した商人によると、大陸によって人々の肌の色や目の色が異なるらしい。東域の人々は黒い髪を持ち、身体つきがほっそりとしていると聞いたことがある。

そんなふうに考えている間にも、クレメンスの椅子越しの抱擁は強くなる。

結婚前の貴族の令嬢が、このように男性にべったりと触られてはダメだ。結婚においては、貞淑《ていしゅく》さが何より大切となる。

その気がないのなら、その手を振りほどいて椅子から立ち上がらなくてはならない。だけど、動けない。

こんなにも心臓が騒ぐのは初めてだ。

息も苦しい。抱きしめてくるクレメンスの腕や身体を、全身で意識していた。

「アンネリーゼ。僕と結婚してくれる？」

うめくようなクレメンスのささやきに、アンネリーゼはぎゅっと目をつぶった。

――ダメよ。

何より自分は、クレメンスの『理想の胸』という条件を満たしていない。だけど、自分からはそのことを告白できない。この腕を振りほどきたくない。求婚のために向けられるまなざしを、少しでも長い時間受け止めたい。

「どうして、私なの……ですか」

聞かずにはいられなかった。

エースタライヒ王国の世継ぎの王子だ。よりどりみどりのはずなのに、そんな中でどうしてクレメンスは自分を選んだのか。

クレメンスはアンネリーゼの言葉に小さく反応し、抱擁を解いた。だが、次の瞬間、ぐるりと椅子を回転させて、正面からアンネリーゼを見た。

「どうしてかって」

言葉を切ったクレメンスのまなざしが、一瞬だけ泳いだ気がした。その視線がアンネリーゼの胸元に落ちたことを、素早く見て取った。

「君が、君だから」

そんなふうに言われたが、視線の動きを見てしまったアンネリーゼは納得できない。やっぱり、胸が問題なのだ。

アンネリーゼがさらに質問を繰り出しそうな気配を察したのか、クレメンスはアンネリーゼが座る椅子の空いたところに膝を引っかけ、身体を寄せてきた。

片手で椅子の背をがっしりと摑み、椅子とその身体の間にアンネリーゼを閉じこめる。

その目でひたむきに見つめて、ささやかれたのが特大の言葉の爆弾だった。

そんなささやきを聞いてしまったからには、何をどうされてもいいような気持ちになった。

とどめを刺されたような気持ちになる。

——ひえええええ……！

「好きだよ」

だまされても、利用されてもいい。

そう思うだけの威力が、今の一言にはこめられていた。

今の言葉が一生消えないように記憶に灼《や》きつけようとしている間に、クレメンスの顔がだんだんと近づいてきた。

その吸いこまれそうなブルーの目に魅入られそうになったとき、そっと唇に何かが触れた。

「……え……」

今のは、いったい何だと小さく声が漏れる。もしかして、キスだろうか。唇に触れた柔らかくて生温かいものは、クレメンスの唇なのか。

——だ、ダメよ！　私の唇などに触れたら、クレメンスさまの唇が……！

自分を汚いもの扱いしてしまいそうになるほど、混乱に陥っている間にも、もう一度唇が重なってくる。

——ひえええええ……！

そこから、全身が痺れるような甘さが全身に広がった。めくるめく感覚に、アンネリーゼは貧血を起こしそうになって、ぎゅっと目を閉じた。

クレメンスは唇をすぐに解放することはなかった。アンネリーゼの唇の感触を味わうように、角度を変えて何度も触れ合わせてくる。

そのたびに甘くぞわっとした痺れが背筋に抜けた。息も絶え絶えになるほど息苦しさと幸福感が同時に押し寄せる。

「っ、は……っ」

いったい、これは何なのだろうか。

青年貴族たちに顧みられることなどなかった自分が、王子であるクレメンスにここまで求められ、キスされている。

そんな状況の違いが許容できず、これが現実ではないような感覚がつきまとう。キスが甘すぎるせいもあるのかもしれない。

——なのに、……やけに生々しい。

このめくるめく体験を記憶に刻みこもうと、全身がスタンバイしているせいか、感覚が研ぎ澄まされていた。濡れた水音がやけに響く。唇と唇が離れるときの、ちゅっとした音まで聞こえる。

キスは優しくて、ほんの少しだけ荒々しかった。少し乱れたクレメンスの吐息が、野性味を感じさせることにぞくぞくしてしまう。

優雅な王子であるクレメンスにこんな野性味があると知って、その意外性と喜びに、頭がおかしくなりそうだ。

いつまでもキスをしていたかったが、アンネリーゼのほうに先に限界が来た。あまりに呼吸が苦しくなりすぎて、このままでは死んでしまいそうになったからだ。

アンネリーゼの手が膝から上げられ、クレメンスの肩に触れた。息苦しさのあまり、ぐいっと押し返していた。

「っ！」

ハッとした様子で、クレメンスが後ろに身体を引いた。

狼狽《ろうばい》が、その端整な顔をよぎる。

そんな表情を見てしまっただけで、アンネリーゼは一生分の幸福を使い果たしたと思った。それほどまでに、心に刻みこまれる艶っぽさだ。

思った以上に、クレメンスは赤い顔をしている。アンネリーゼだけでなく、クレメンスまでキスに夢中になっていたのだろうか。

クレメンスはうつむいて、しばし乱れきった息を整えた。

それから、照れたようにアンネリーゼを見て、柔らかな笑みとともに言う。

「ごめんね。急ぎすぎた」

——うわぁあああ。

その表情に、またもや息の根を止められる。

アンネリーゼに向けてくるまなざしは真剣で、恋い焦《こ》がれるようなものだ。

今まで、クレメンスに妻として望まれていると聞いても、ピンとこなかった。だけど、こんなキスを受け、愛しげに見つめられれば、彼の気持ちは真剣なのだと受け止めるしかない。

「……い、いえ。私のほうも嬉しかったというか、おいしかったというか、……その、悪くなかったです」

正直に言ってみる。初めてのキスの感触が、まだ甘く唇に残っていた。

「アンネリーゼ」

呼ばれて、ドキッと鼓動が跳ね上がる。

クレメンスがまっすぐに、アンネリーゼを見つめて言った。

「今夜、君を抱きたい。責任は取る」

その声とまなざしが、アンネリーゼの心臓にとどめを刺した。

——死んじゃう。美形は心臓に悪すぎるわ。

『心が決まったら、僕の寝室に忍んでおいで』

そんなふうにクレメンスは言った後で、息も絶え絶えになっていたアンネリーゼを部屋まで送ってくれた。そのときに、自分の寝室まで忍んでくるためのルートを教えてくれた。

まともに頭が働かない状態だったから、難しいルートだったらいつまでも目的地にたどり着けず、一晩中離宮をさまようことになっただろうが、アンネリーゼの部屋はクレメンスの部屋とすごく近かった。そもそも二人の部屋は、ペアになった客室らしい。

居間や寝室は別に設けられているものの、エントランスは一つになっていて、行き来がしやすくなっている。

到着したときから自分はクレメンスの婚約者扱いだったことを認識させられ、アンネリーゼはますます動揺した。

——マズいわ。あんな美形っぷりを摂取しすぎたら、こちらの身体がもたない。

間近で見たクレメンスの麗しさと、キスの生々しさに足下さえふらついている。まずはソファに倒れこんで、脈拍と呼吸を落ち着かせることにした。

——いきなり寝室に誘うなんて、急展開すぎるでしょ！　こっちの心臓の負担も考えて！

そうは思うのだが、ここをクリアしなければ先へは進めない気がする。

クレメンスと接したことで、彼に対する恋心は、自分でも制御できない域にまで膨れ上がっていた。

アンネリーゼは今まで、算術と幾何学をこよなく愛し、建築物という無機物に限りない色香を感じてきた。だが、そんなアンネリーゼであっても、幼いころから淡い恋心を抱いていた相手がいたのだ。

——それが、クレメンスさまなの。

アンネリーゼが九歳のときまで、話は遡《さかのぼ》る。

この離宮が完成したという知らせを受けて、アンネリーゼはどうしてもこの目で見てみたくなった。渋る母を説得し、離宮の仕上げ作業のために何ヶ月も帰宅できなくなっていた父への差し入れを持って、数人のお供とともに、ここまで旅をした。

父は離宮の最終確認に忙しく、到着したアンネリーゼをろくにかまえずにいた。だからこそ、アンネリーゼは自由に離宮を歩き回ることができた。

離宮はアンネリーゼにとって、どこもかしこも魅了されるポイントの連続だった。父が帰るまでここにいることを決め、離宮のあちらこちらを冒険した。

そのときに出会ったのが、クレメンスだ。

当時、クレメンスは十六歳。子供のときの年齢差は大きく、アンネリーゼの目にはすっかり大人に見えた。当時からクレメンスは際立った美少年で、それだけでアンネリーゼを魅了するには十分だった。彼は自分のおつきの者以外の誰かと遊ぶのが新鮮らしく、森や川への遊びに付き合ってくれた。アンネリーゼは思いがけない出会いに、浮き足立った。

クレメンスはアンネリーゼのことを、男の子だと思っていたのだろう。

道中の危険があったのと、男の子の格好をしていたほうが動きやすかったから、アンネリーゼは滞在中ずっと、兄のお下がりの服を着ていた。何せいつでも屋根にも、壁にも登りたい。ひらひらするドレスの裾など気にしてはいられない。

特に気になっていたのは通気だったから、気になるたびに暖炉に頭を突っこんで、風の通りを確認せずにはいられなかった。火が消えるまで待てない性格だったから、しょっちゅう髪の毛を焦がしていた。そのときも、髪を短くカットしていたはずだ。

そんなありさまだったから、クレメンスがアンネリーゼの性別を誤解していても無理はない。今よりさらに直線的な身体つきであり、男の子なら声変わりもしていない時期だ。むしろクレメンスに同性だと思われて、屈託《くったく》なく接してもらえるほうが楽しかった。

『今日はどうやって遊ぶ？』

顔を合わせると、クレメンスはいつもそんなふうに尋ねてきた。

アンネリーゼは王都からろくに離れたことのない彼に、森で生き抜くすべを教えた。木登りや虫取り、危険な昆虫への注意、木の実を探して食べることや、魚を釣って川のほとりで焼くこと――。

宮殿内で大切にされていたクレメンスにとって、アンネリーゼとの遊びはとても興味深かったのだろう。片っ端からやりたがった。クレメンスは何でも器用にこなして、ひどく楽しそうだった。

『これでいつか、何かあっても、僕は生き延びられるね』

そんなふうに、クレメンスは言ったことがある。彼にとってそれらは遊びではなく、何かがあったときに自力で生き抜くための学習だったのかもしれない。身分を隠していても、クレメンスは王族の一人だと薄々察していたから、その類いの知識を身につけようとする危機感を、不思議に思ったものだ。

――だけど、何かあったときの備えは必要だわ！

二人が遊んだのは、ほんの二週間ぐらいだ。

母をこの離宮に送り届けるお供として、クレメンスはやってきたのだと言っていた。そのついでに、少し息抜きがしたかったらしい。

ある日、クレメンスがため息とともに言ったのをよく覚えている。

『もうじき、僕は結婚することになるかもしれないんだ』

川のほとりでのことだった。

とても天気がいい日で、クレメンスの整った白い顔に川面がちらちらと反射していた。

長いまつげを伏せているクレメンスは麗しくて、アンネリーゼの知らない大人の男の人の顔をしていた。

九歳のアンネリーゼにとって、結婚はまだまだ遠い話だった。だが、クレメンスには具体的な縁談まで出ていたのかもしれない。

だが、あまりにも彼が憂鬱《ゆううつ》そうなのが気になった。

『綺麗なお姫様と、結婚するの？』

『そういうことになるだろうけど、……僕は何も知らなくて』

クレメンスは視線を遠くに向けた。

『知らないって、何のこと？』

『男女のこと。結婚をすると、キスとか、……いろんなことをしなければならないみたいなんだ。だけど、それが怖くて。僕の乳兄弟などは女の子のことが気になってたまらないみたいだけど、僕はその、……女の子の裸も見たことがなくって』

含羞《がんしゅう》をにじませたクレメンスの表情に、アンネリーゼはやたらと胸がときめくのを感じた。美形のそのような表情に心を奪われるのは、そのころに花開いた性癖なのかもしれない。

クレメンスは遠くに視線を向けたまま動かなかったが、こんな内心の悩みを吐露するのは初めてだったのか、彼の耳や首筋がみるみるうちに赤くなった。

そんなクレメンスを、アンネリーゼはドキドキしながら見ていた。

女性の裸を見たいと言うクレメンスが知らない人のように思えたが、わざわざ彼がそんな悩みを口にしてくれたからには、力になりたい。

それでも、何をどうしたらいいのかわからなかった。

女の子である自分の裸を見せることは可能だが、クレメンスが望んでいるのはアンネリーゼのような子供のものではなくて、大人の女性のものだと、なんとはなしに理解できた。

『えっと、あの……』

『乳兄弟にとっては、女の子の裸は素晴らしいものみたい。女の子との逢い引きも最高だったって、あいつはことあるごとに、言ってくるんだけど』

だけどね、とクレメンスは深いため息をついて、ようやくアンネリーゼに視線を向けた。

同意を求めるような表情に、アンネリーゼはわかったようにうなずいてみせた。

うなずきはしたが、アンネリーゼはたまに湯浴みなどで目にする侍女の裸がどんなに素敵か、ということも知っていた。

——綺麗なのよ。大人の女の人の身体。

たっぷりとした乳房に、柔らかなライン。いつか自分も大人になったら、あんな身体になれるはずだと、あのときは本気で思っていた。

だが、女性の裸も見たことがないとは、さすがに王子様だ。木にも登ったことがないと言っていた。おそらく、王宮から出ることなく、大切に育てられたのだ。

――うちの粗野な兄さまとは、まるで違うわね。

アンネリーゼの兄は、十五を超えたころから一気に色気づいた。

やたらと女性のことが気になってたまらない様子で、女の子に声をかけまくっていたようだ。男は年頃になったらそういうものだと、母や侍女たちは納得顔だった。

――女性の裸、かぁ。クレメンスさまは、それを見たことがなくて、怖いのかぁ。

九歳のアンネリーゼは彼の横で膝を抱えこみながら、懸命に考える。

それは綺麗なものであって、怖いものとは思えない。もしかして、見たことがないからこそ、怖くなるのだろうか。早く寝ないと出ると、侍女が脅《おど》すおばけのように。

――だったら、見てしまえばいいんじゃない？

当時からアンネリーゼは、理知的な子供だった。日時計を設計し、クレメンスがいないときには離宮の設計図を持って毎日出歩き、測量技術を磨いていた。問題があるのなら、解決すればいい。

クレメンスの力になりたくて、アンネリーゼは張りきって提案してみる。

『だったら、お風呂、のぞいてみる？』

ここは温泉療養施設だ。

庭の一角に、女性専用の露天風呂がある。その露天風呂に大量のお湯を送りこんでいる蒸気機関が気になって、何度もポンプ小屋をのぞいていた。そのときに、露天風呂が見られる位置が何ヶ所もあったのを覚えている。

提案した途端、クレメンスはぎょっとしたような顔をした。みるみるうちに、耳まで真っ赤になった。欲望を見透かされたと思ったのかもしれない。

そのときの、クレメンスの純粋な表情がよみがえってきて、アンネリーゼはくすくすと笑った。

そのときの少年が、十年後には自分を、寝室においで、と誘ってくるようになったのだ。今のクレメンスにとっては、女性の裸は怖いものではないはずだ。

――むしろ、大好きになったのね？　だって、『理想の胸』があるぐらいだもの。

アンネリーゼを背後から抱き寄せたときに漂ったいい香りと、耳元での甘いささやきを思い出すと、それだけでクラクラしてしまう。

『今夜、君を抱きたい。責任は取る』

そんな誘いに乗ってはならない。

彼に裸を見られて、胸の小ささを知られたら、何もかもおしまいだ。

――だけど、行かなくっても、おしまいになりそうな予感がするわ。

恋愛は勢いとタイミングが大切だ。別れ際のクレメンスのまなざしからしたら、きっと彼は自分が来ると信じている。ここで行かなかったら、一気に関係は冷えこむ。そのことを、本能的に理解していた。

何より、アンネリーゼ自身が心から彼と夜を一緒に過ごしたいと願っているのだ。

貞操についてあまり考えたことはなかったが、自分はそれなりに身持ちが堅い女だと思っていた。だけど、クレメンスのように魂を奪われる相手と出会ってしまったら、何もかも捧げたくなる。

今まで身持ちが堅かったのは、誰も誘ってくれなかったからだ。

勇気を出して、一歩踏み出したい。何より、抱きしめられたときのときめきが忘れられずにいた。

自分だけではなく、クレメンスもそんな状態なのではないだろうか。そわそわする。理性など、吹き飛んでいた。

——だけど、……脱いだらおしまいなのよ。

やっぱり無理だと思いながら頭を抱えていると、侍女がやってきた。昼間に、アンネリーゼをそそのかした侍女だ。手に捧げ持ったかごには、身体を拭く大きな布や、香油が入っている。

何もかも理解した顔で、侍女はアンネリーゼにささやきかけてきた。

「湯浴みをなされたら、いかがでしょうか。ここでは露天風呂以外にも、各部屋に温泉を引いてございます」

ビクッとして起き上がる。

「だけど」

いろいろ提案してもらったが、いざとなれば臆してしまう。胸が小さいのを隠して、情事をこなすのは無理だ。

だが、何かを言い出すよりも先に、侍女は満面の笑みを浮かべた。

「さらなる秘策がございます。——肝心なのは、こちらがリードすることでございます。つまり、手出しされないように、殿下の手の自由を奪うのが大切かと」

「どういうことなの？」

ぎょっとする。

だが、侍女からの提案に耳を傾けずにはいられなかった。

『殿下は何もかも、侍女にされることに慣れておられます』

侍女にささやかれた言葉を、アンネリーゼは歩きながら反芻《はんすう》していた。

『殿下は昔から、着替えから何から、侍女に世話されてきたのです。ですから、女性にそのお身体を託すことに、抵抗はございません』

クレメンスに主導権を奪われてしまったら、アンネリーゼのほうから体位を選ぶことはできない。胸にも思う存分、触られることになる。だから、アンネリーゼがまず主導権を握るのが肝心だと、侍女は提案してきた。

――確かにそうではあるんだけど。

なりゆきに任せるのではなく、こちらから切り拓く必要がある。創意工夫で、どうにかなるはずだ。それは、アンネリーゼの信条とも言えた。

だが、いくらそそのかされたとはいえ、自分から夜這《よば》いを仕掛けることになるとは思わなかった。何もかも初めてなのだ。

それでも、ここでぐっと関係を深めたい気持ちがあった。抱きしめられ、キスされたときのときめきが、ずっと胸に宿っている。恋の熱がまつげの先でちりちりとくすぶっていて、何かのきっかけさえあれば、すべてを灼きつくしてしまいそうだ。

強い衝動に、この身を任せてしまいたい。

そんな動物じみた欲望が、アンネリーゼをそそのかす。初めての恋心に理性を失い、まともな判断力が吹き飛んでいる。すべては、クレメンスへの思いのせいだ。

彼と出会った十年前に、胸に火をつけられた。ずっとくすぶっていたその火が、炎となって自分自身を灼きつくそうとしている。

抱きしめられれば、もっともっと抱きしめられたくなる。あのときめきを、忘れられない。

初めての、強い思いなのだ。

湯浴みを終えたアンネリーゼは、頃合いを見計らって自分の部屋から出た。手提げランプを持って、クレメンスの寝室に向かう。覚悟は決まったものの、足が震えていた。

ここは、王族が滞在する離宮だ。

いくら宮殿よりも警備が手薄とはいえ、あちらこちらで兵が目についた。クレメンスの部屋に通じるドアの前にも、歩哨《ほしょう》が二人いた。だが、あらかじめ言い含められていたのか、アンネリーゼを見ると、何も言わずにドアを開いてくれる。

アンネリーゼはそのドアの前で一瞬だけ立ちすくんだ。

だが、黙ってドアから入る。

もう一つドアを開けると、クレメンス用に準備されている応接間が、その奥に見えた。

室内には、いくつか明かりが灯《とも》されている。

おそらく、応接間や寝室の配置はアンネリーゼの部屋と一緒だろう。構造は理解していたから、迷うことなく寝室までたどり着くことができたが、そうでなくとも点々と灯されている明かりが、アンネリーゼを目的地まで導いてくれる。

寝室のドアを開けたところで、アンネリーゼは立ち止まってランプを掲げた。

壁には絹の布が張られ、朝日の方向を向いている窓は分厚い緞帳《どんちょう》で覆われている。部屋の中心にあるのは、豪奢《ごうしゃ》な天蓋《てんがい》付きのベッドだ。だが、誘うようにその天蓋の布は開かれ、到着点はここだと指し示すように、ベッドサイドにランプが置かれていた。

――クレメンスさまは、ここにいらっしゃるのね……。

ずっと感じていた鼓動が、ますます大きく鳴り響く。足が動かなくなる。だけど、ここで手順をしっかり踏まなければならない。

寝室に入ってドアを閉じると、アンネリーゼは室内に灯っていたランプを消した。それから、自分で持ってきた手提げランプの火も消すと、部屋は闇に閉ざされた。

そのとき、ひそやかな声がした。

「アンネリーゼ？」

クレメンスの声だ。闇の中で聞く声は、一段と艶っぽい。アンネリーゼが来ることを、絶対的に信じていたのだと伝わってくる。

「はい。……私です。闇に目が慣れるまで、少々お待ちいただけますか」

アンネリーゼは周囲がぼんやりと見えるようになってから、ベッドに近づいた。天蓋の布をかき分け、そっとベッドに膝をつく。

「クレメンスさま。参りました。今日は、私にリードさせていただけますか？」

この物言いは、侍女に教えてもらった。何をどう伝えれば、殿下は承諾してくれるかを。

侍女は幼いころからクレメンスに仕え、彼の癖や好みも熟知しているらしい。

緊張のあまり、息が苦しい。ここで断られたら、全部おしまいだ。そう思うと、胸が痛くなってきた。

「君が、リードしてくれるの?」

クレメンスの声には、アンネリーゼの提案を面白がるような響きがあった。そのことに少しだけホッとして、アンネリーゼは続けて言った。

「ええ。初めてですから、触れられるのが怖いのです。私の言いなりになると約束してくだされば、……このまま、ベッドに残ります」

声は震えて、どれだけの声量になっているのかわからない。だけど、教えられた通り、ちゃんと言えたはずだ。

ドクドクと鳴り響く自分の心臓の鼓動を数えながら、アンネリーゼはクレメンスの返事を待つ。こんな駆け引きは初めてで、ただ呼吸するだけでも精一杯だった。

返事を聞くまでの間が、ひどく長く感じられた。

「……いいよ。約束する。君がリードしてくれるなんて、嬉しいな」

その返事にアンネリーゼは思わず拳を握った。

表情が見えないからこそ、声にこもった感情を読み取ろうとしてみる。

クレメンスはきっと目を輝かせて、面白がるような表情をしているはずだ。少なくとも声は、アンネリーゼの提案を歓迎していた。

――よかった……！

ホッとして、アンネリーゼは天を振り仰《あお》ぐ。ランプを消した当初は何も見えなかったが、だいぶ目が慣れてうっすらと天蓋の布やベッドの輪郭が見える。そのベッドの中央に寝転んでいるクレメンスの姿も、ぼんやり見えた。

どくどくと自分の心臓が壊れそうなほど鳴り響くのを感じながら、アンネリーゼはクレメンスの近くまで膝立ちでそろそろと進んだ。

クレメンスの身体に不意に膝が触れたので、アンネリーゼはビクッとして動きを止める。

「ごめんなさい」

「いいよ。もっと、好きなように触って。それに、君は僕の妻になる人だから、そんなかしこまった物言いはしないでほしい」

「え？　あ、じゃあ、わか、……わかり、……わかったわ」

「そう、その調子」

「では、まずはクレメンスさまの手を、この紐でベッドに縛らせていただきますね！」

自分が自分でないような、緊張しきった状態は続いていたが、早々にクレメンスの手の自由を奪って、危険を排除したい。

そう思ったアンネリーゼは侍女に渡された柔らかな紐を取り出して、クレメンスの手に握らせた。

「これを、使います。よろしいですか」

エースタライヒ王国は近隣の国々と和平条約を結び、今はこれといった争いごとはない。それでも、手首を縛ったり、縛られたりするのは、王族の一人として許してはいけない危険な行為だ。王族はいつでも暗殺の危険に晒《さら》されている。

——それでも、手首を縛らせるなんて、よっぽど心を許した相手以外に、許すとは思えない。

――それでも、手を縛らなければ、この情事は成立しないから。

どくどくと、心臓の音が鳴り響く。その中で、クレメンスの声が聞こえた。

「いいよ。すごく緊張してるね」

「それは、その、……あの、……初めてですから」

正直に言うと、くすくすとクレメンスは笑う。彼の余裕が、アンネリーゼの緊張を少しだけ解いてくれる。

「だけど、縛られる前に、本当に君だと確認したい。まずは顔を僕に近づけて、キスしてくれる？」

その言葉に、アンネリーゼはドキドキしながらクレメンスの頭があるところで屈《かが》みこんだ。

人というのは、それなりに夜目が利くらしい。それでも、クレメンスの顔をしっかり暗闇の中で見定めるためには、かなり顔を近づけなければならなかった。

彼の目が楽しげに輝いて、じっとアンネリーゼを見つめているのが見えた。

「ああ、君だ」

愛しげなつぶやきを受けて、アンネリーゼの胸は甘く痺れた。

——好き……！

ときめいていないで、自分からキスしなければならない。だが、この気持ちの昂《たか》ぶりに従えばスムーズにことは行える。

アンネリーゼは唇と唇との距離を慎重に確認しながら、顔を近づけていった。

だが、美しい顔にとらわれすぎて、首を傾けるのを完全に忘れていた。

最初に触れたのは、鼻と鼻だ。唇にばかり集中していたアンネリーゼは、思わぬ感触を受けて、弾かれたように顔を離す。

——え？　え？　え？　……今のは……何？

色気がないこと甚《はなは》だしい。キス失敗に動揺していると、クレメンスの楽しそうな笑い声が聞こえた。

「可愛いね。これからも君は僕のことを好きにしてくれていい。だけど、僕が悲鳴を上げたら、ドアの外にいる兵が駆けつけてくる。だから、苦痛の悲鳴だけは上げさせないようにしてくれる？　快楽の声ならば、彼らは邪魔をしない」

そんな刺激的な言葉に、アンネリーゼはすくみ上がった。これから始まることに、不安と期待が高まっていく。クレメンスはどこまで体験があるのだろうか。本来ならば、彼のリードに任せていればいいはずだったが、自分で何もかも進めなければいけないことに、あらためて不安がこみ上げてくる。

それでも、アンネリーゼは気合いを入れ直して、クレメンスに再び顔を近づけた。

「わかったわ。痛いことはしない。それにこの紐は柔らかいから、力をこめれば手は自由になるはずよ。だけど、あえてそうしないってことが、私との約束」

自分でも事前にその紐で、侍女に手首を縛ってもらって確かめてある。びっくりするほど紐は柔らかかったから、跡は残らないはずだ。伸縮性もあって、アンネリーゼでも力をこめたら、簡単に手首を抜くことができた。

「わかった」

顔を近づけすぎていたのか、クレメンスのほうから少し顔を浮かして、口づけられる。

その甘い感触に、背筋がぞくっと震えた。キスは好きだ。唇と唇が触れ合っているだけなのに、背筋がぞわぞわと震えるような甘すぎる感覚をもたらす。

クレメンスからのキスを契機に、アンネリーゼのほうからもぎこちなく唇を押しつけることができるようになった。キスするたびに、唇から広がる甘い感触に酔う。

もっと彼と触れ合ったなら、自分はどうなってしまうのだろうか。

そんな緊張と甘い期待に震えながらも、アンネリーゼは唇を離して、クレメンスの手首を紐で縛った。その紐の端は、天蓋の四隅を支えている柱の二ヶ所にそれぞれくくりつけておく。

ベッドはとても広かったが、どうにか紐の長さは足りるようだ。

クレメンスは上半身は剝き出しで、下半身にだけ下穿《したば》きをつけた姿だった。

少し盛り上がった胸の筋肉のラインが暗闇にうっすら感じ取れて、アンネリーゼは魅了される。彼はこんなにも鍛えられた色っぽい身体を、服の下に隠していたのだ。

――着瘦《きや》せするのね……。

手首を縛ったことで、クレメンスのほうから自分の胸に触られることはないのだと思ったら、ホッとした。

動きを封じたからには、アンネリーゼがことを進めなければならない。

――ええと。

だけど、途方にくれてしまう。

この後の手順も、侍女に図解付きで詳しく説明されていた。とても生々しい、男女の情事についてだ。母よりももっとリアルな説明だったから、アンネリーゼはメモを取りながらも卒倒しそうになった。自分の身体の中に、彼の身体の一部を入れなければいけないなんて、思ってもいなかった。

――だけど、……ちゃんとできるはずだわ。世の夫婦は、みんなそうして、お子を授かっているのだから。

だけど、いざとなると頭が真っ白になる。そもそもこんな神々《こうごう》しい肉体を前に、自分が何かするなんておこがましい。拝んでいるだけで、十分なのだ。

何もできなくなっているアンネリーゼの状態を見抜いたのか、クレメンスがそそのかすように言ってきた。

「まずは、何から始めるの？」

「……ええと、ね」

「だったら、あらためてキスから始めない？　僕は、君の唇が好きなんだ」

――好き……！

その言葉がふわりと頭の中に飛びこんで、心臓のあたりまで波紋を広げた。

ふわふわと浮ついた気分のまま、アンネリーゼは言われるがままにキスをしようとする。

クレメンスはアンネリーゼを動かすのが上手だ。

「キスするときに、僕の身体を、またいでくれる？　その足で」

アンネリーゼがリードすると伝えてあったものの、経験のない処女にとっては大仕事だとわかっているのかもしれない。

何をどうすればいいのか教えてくれるが、仰向けになったクレメンスの腰をまたぐなんて一苦労だった。

え？　え？　え？　と頭の中を疑問でいっぱいにしながらも、思いきってやってみる。

王子相手に、ここまで不敬な体勢になれるなんて、情事以外では考えられない。

足ががくがくと震えだすから、身体を支えるために覆い被さるように上体を倒す。ベッドに手をついた。

また顔と顔の距離が近くなっている。彼の表情がよく見えた。ずっとアンネリーゼを見つめる、その瞳の輝きに魅了された。

――好き……よ。

この気持ちがどこから湧き上がってくるのか、わからない。だけど、彼と出会った十年前に、恋に落ちた。もしかして、その思いが成就するときが近づいてきているのだろうか。

アンネリーゼが身につけているのは、薄手の夜着と、その上にまとったガウン一枚だけだ。その格好のほうが、この後の手順がスムーズになると、侍女に教えられたからだ。

――ええと、……そういえば、キスする前に、……ガウンを脱げって。

もはや頭がまともに働かない。こんな状況では、刺激が強すぎるのだ。今はそれじゃないはずだと後になればわかるのだが、思考力が麻痺したアンネリーゼは、一度上体を起こしてガウンを脱いだ。

真っ暗だから見えないと判断したのだが、夜着だけの姿になると、たった一枚の布しか身につけていないことがひどく心細く感じられた。全身の感覚が、研ぎ澄まされている。

クレメンスの腰をまたいでいるから、彼の脇腹に太腿の内側が触れている。彼の体温を内股で感じ取って、ぞくぞくと身体が痺れていく。

――ええと、それからキス。まず、キス。

キスをしようとしたのだが、ボーッとしながら倒していった身体の中で、まず彼にあたったのは、胸のてっぺんだった。いくらボリュームがなくても、その体勢なら当たるものらしい。

「きゃっ」

思いがけないところから広がった鋭い感覚に、アンネリーゼはびっくりして上体を起こす。

どきどきと鳴り響く鼓動が激しすぎて、息が上がる。すると、クレメンスが言ってきた。

「もしかして、今触ったのは、……君の胸？」

「……え、……あの」

一瞬だけ、また脇腹か二の腕だとごまかそうかと思った。前回、見知らぬ男に傷つけられた記憶があったからだ。

だが、その前にクレメンスがひどく弾んだ声で言ってきた。

「何だか、とても刺激的な感触だった。もう一度、その柔らかくて、ふにゃ、としたものを、僕の身体に押しつけてくれたら、最高なんだけど」

——柔らかくて、ふにゃ、としたもの？

だとしたら、ちゃんとボリュームも感じ取ったということだろうか。

他の令嬢に比べて圧倒的に胸の大きさは足りていないものの、それでもうつ伏せになり、最大限柔らかい状態にして胸を押しつければ、暗闇ということも相まって、質量をごまかせる可能性があった。

ものには重力というものがある。図面を引くときには、その建物を支えるための構造計算が何より大切なのだが、石造りの建物の場合にはアーチを作り、石の圧縮の力をうまく両端で支えるのが基本となる。

ものはつり下がった形にたわむ。

たわむと、柔らかさが出る。しかも、この伏せた体勢では左右に肉も流れない。一点集中型だ。

——つまり最高に柔らかくて、ボリュームが出ている状態だってことよね？　これを逃す手はないんじゃない？

だが、完全に上体の重みをかけてしまったら、胸は押しつぶされてその下のあばらが触れてしまうし、ボリュームのなさも気取られるだろう。そんな事故が起きないように、細心の注意が必要だった。

「わかったわ。もう一回、柔らかくて、ふにゃ、としたものを、そっと押しつけてみるわ。

動かないでね」

　そんなふうに言ってから、膝立ちになったアンネリーゼは、クレメンスの頭の横に手をついた。それから、なけなしの膨らみをそっとその身体に押しつける。夜着の布越しに、クレメンスの胸と胸が触れ合う。その胸の頂《いただき》にある乳首が彼の身体と擦れて、すくみ上がりそうな甘い感覚が広がった。

「……っ」

　乱れた息が漏れそうになった。

　動いているつもりはない。それでも、乳首のあたりからじわじわと痺れが広がって途絶えないのは、小刻みに身体が震えているためかもしれない。

　クレメンスも息を詰めて、その柔らかな感覚を享受《きょうじゅ》しているのが伝わってきた。

「これが何だかわかる？　二の腕でも、脇腹でもないのよ」

　二度と傷つくことがないように、予防線を張っておく。すると、クレメンスは上擦った声を漏らした。

「最高だ。柔らかいね。とても、……気持ちがいいよ。ふわふわで、……これが、……君の胸、なのか」

　感極まったようなつぶやきに、アンネリーゼは少しだけホッとした。

——ちゃんと胸だと認識されたわ。宮殿で会った見知らぬ男とは、さすがクレメンスさまは違うわね。それに、ボリュームのなさも知られてないわね？

だが、恥ずかしいのは、胸の頂がだんだんと硬く尖《とが》っていく感覚があることだ。

寒い日や、侍女に身体を洗ってもらうときなど、そこが尖ることは知っていた。だけど、そうなったときに、ここまで刺激を拾いやすくなるとは知らなかった。

刺激が片っ端から快感へと変化していく。今がまさに、そんな状態だ。

――マズいわ。これって……。

尖った乳首をクレメンスの身体に押しつけているなんて、不敬すぎる。なのに、クレメンスはその感覚がたまらないらしい。

ふう、と陶酔《とうすい》しきった息を漏らした後で、さらに要求された。

「もっと、……胸を……押しつけてくれる？」

クレメンスの脳裏には、たわわな乳房を触れるか触れないかぐらいにそっと押しつけているアンネリーゼの姿が浮かんでいるのかもしれない。

だけど、アンネリーゼにとっては、あいにくこれで精一杯なのだ。絶体絶命だったが、不意に侍女の言葉がひらめいた。

――量が足りないときには、躍動感でごまかすようにって、侍女は言ったわ！

だったら今はその方法しかないだろうと決意して、アンネリーゼは積極的に動くことにした。

そっと胸をクレメンスに押しつけたまま、円を描くように動かしてみる。そんなふうにすると、乳首が彼の固い胸筋と擦れて、たまらない快感が全身へと広がっていく。

「っ、……あ……っ」

意図せず、自分でも思いがけないほどの甘い声が漏れた。

張り詰めた乳首は、ただ彼の身体と擦れ合っただけでも、めくるめくほどの甘い刺激を伝えてくる。くりくりと、その敏感な部分を誰かの指で擦り上げられているような感覚が生まれて、頭がぼーっとしてきた。

乳首がやけに疼《うず》いて、もっと強い刺激が欲しくなる。

そのとき、クレメンスが言った。

「僕の口に、君の胸を含ませてくれる?」

「……え……っ」

その要求に、アンネリーゼは昇天した。

だが、どうにか正気を取り戻す。

――そんなの、……恥ずかしすぎるでしょ!

彼の口に乳首を含ませるなんて、考えただけでもまた昇天しそうになる。そうされることを思い描いただけで、たまらない刺激と興奮に頭が灼き切れそうだ。

「そんなこと、……なさりたいのですか」

上擦る声で聞いてみる。

照れたように、クレメンスが笑う表情に魅了された。

「ああ。そうしたい。……君なら、そうさせてくれるだろ。アンネリーゼ」

ねだるような甘い声に頭がクラクラして、身も心も捧げたくなった。アンネリーゼは、膝の位置をもっと上のほうに移動させ、横たわったクレメンスの口元に胸が行くように位置を調整しようとする。

頭の中は真っ白だ。ただ手足が動いている。そんなアンネリーゼを、クレメンスはさらにそそのかす。

「その前に、服を脱いで。……欲しいのは、君の生の乳首だ」

――ひええ。

乳首を直接くわえられるなんて恥ずかしいし、死んでしまう。だけど、そうしてもらいたいという淫《みだ》らな興奮がアンネリーゼを動かした。

たまらない興奮に思考力が麻痺して、普段ならできないことでもしてしまいそうだ。

すべてが、夢の中の出来事のようだった。

言われるがままに夜着を脱ぐ。

生まれたままの姿になり、アンネリーゼはまた彼に覆い被さった。

身体から乳房が下がる形にして、その柔らかさを最大限に感じ取ってもらうのは必須だ。

だけど、ボリュームのなさを知られないために、彼の口にピンポイントで乳首だけがあたるようにしたい。

そんな希望をかなえるために、微妙に位置を調整した。

だんだんとこの部屋の暗闇にも目が慣れてきている。

アンネリーゼはクレメンスを見下ろしながら、そっと自分の手で乳房を包みこんだ。その乳首が唇にあたるように、そろそろと上体を倒していく。

硬く凝《しこ》った乳首が、かつてない強い疼きをてのひらに伝えてきた。そこがひどく凝ってかゆくて、自分で刺激したいぐらいだ。そんな身体の欲望がなかったら、クレメンスに乳首に触れられることに、もっと抵抗があったに違いない。

だけど、手を外し、クレメンスの唇のすぐそばに乳首を持っていったとき、彼の熱い吐息がそこにかかった。ぞくっと走った疼きに意識を奪われた次の瞬間、生温かいものが吸いついてきた。

かつてないほどの甘く強い快感が、乳首から全身に広がる。

「っあ、……ああ……！」

すくみ上がったが、それ以上動けなかったのは、それだけ吸引力が強かったからだ。

いきなりの強烈な刺激を受けて、アンネリーゼは膝立ちのまま、腕をベッドについた。

クレメンスは何度も乳首を吸い、その合間に舌をぬるぬると動かしてくる。吸われるたびに、そこから身体が溶け落ちるような感覚が広がって、アンネリーゼの上体はガクガクと震える。じわりと涙まで湧き上がった。

――何、……すごい、これ……っ。

乳首を舐められるのなど、もちろん初めてだ。熱い舌がその突起に絡みつくたびに、たまらない快感が乳首から腰にダイレクトに流れこむ。甘すぎる刺激に耐えられなくて、途中で懇願するように言っていた。

「も、……もう、……よろしい、……ですか」

声が完全に上擦っている。

一つ一つの刺激がすごすぎて、そのいちいちが腰に響く。早く身体を引きたくてたまらなかったのだが、クレメンスは満足した様子がない。

舌をそこに絡みつけたままの、くぐもった返事が聞こえた。

「まだ。……もっと、……君のここが、溶けちゃうぐらいまで、たっぷり舐めさせて」

すごく甘くておいしいもののように執拗《しつよう》に舐《な》め回され、その舌の動きが腰をジンジンと疼かせる。

「……っンぁ……っ」

あまりの気持ちよさに、姿勢を保つ力が抜けそうだ。

その舌の動きは驚くほど長い時間続いた。あまりにも気持ちがいいから、どの時点で打ちきっていいのかわからなくなる。乳首から伝わる刺激は時間とともにますます濃密さを増し、舌のわずかな動きにも全身がおののいた。さすがに、これには耐えられない。

「ダメよ、……もう、……ダメ……ッ」

アンネリーゼは涙目で言った。

自分の乳首がこれほどまでに敏感で、快感を秘めているとは知らなかった。

さらなる異変があった。

足の間がひどく熱くなっているのだ。何だか濡れている感じがあって、かゆくてたまらない。刺激を与えられているのは乳首だけなのに、どうしてそこがそんなふうになるのか、アンネリーゼには不可解だった。

もしかして、これが侍女が言っていた「濡れる」ということだろうか。気持ちがよくなると、そのあたりで粘つく液体が分泌されて、彼のものを受け入れやすくなると言っていた。そうならなかったときのために、香油も持たされているのだけれど。

「まだ、あと少し。……っていうか、この小さなパーツは、僕の唇ととても相性がいい。ずっと、朝まで舐めていたいぐらいだ」

「そ、……んな、……お戯《たわむ》れを」

そろそろ、勘弁してもらいたい。

乳首を舐められているだけで、アンネリーゼの身体はあちらこちらで異変を起こしてい

るのだ。乳首が硬く突き出し、やたらと感じやすくなっているだけではなく、反対側の乳首までうずうずと疼き始めている。そこもかゆくて、刺激が欲しくてたまらない。

そちら側もクレメンスに舐めてもらいたい。そう考えただけで、淫らさにぞくっと身体が痺れた。

まだ胸元を離すお許しが出ないので、アンネリーゼは強引に上体を起こすべきか決断しかねて、彼の顔を見下ろした。

薄暗かったが、すぐそばにクレメンスの端整な顔がある。彼が自分の胸元に顔を埋めて、乳首を舐めていると思うと、たまらなく身体が熱くなる。

普段の彼の端正なたたずまいから考えると、そんなふうにいやらしく舌を動かすことなど、考えられない。

だけど、そんな舌の動きを見せつけられると、実際に身体で受け止めている乳首からの快感と相まって、どうしようもなく身体が疼いた。

舌を尖らせて乳首の粒をつつかれると、そこがどれだけ硬く尖っているのか意識する。粒全体を唇の中に入れてぬるっと吸われると、がくがくと身体が震えてしまう。

「っぁ、……っぁ、……あ……っ」

——もう、無理よ……！

限界を超えていた。

室内は静かだったから、聞こえてくるのはアンネリーゼの乱れた息づかいや、胸元からの水音ばかりだ。

ついに耐えきれなくなって、アンネリーゼは懇願した。だけど、やめてとは言えないのが乙女心だ。

「っくれ、……めんす、……さま。そこだけではなくて、……反対……がわ……も」

執拗に舐められている乳首はますます尖り、吐息にすら感じるようになっている。だが、反対側の乳首は疼きすぎて、餓《う》えたようになっているのだ。

クレメンスは甘く笑って、うなずいた。

「わかった。……だったら、反対側の、君の可愛いところを、……寄せてくれる？　僕の口に」

「はぁ、……は、……はい……っ」

アンネリーゼは必死になって身体を動かし、反対側の乳首を彼の口元に慎重に寄せた。

途端に、軽く舌先がその突起に絡みついて押しつぶした。それだけで、腰砕けになりそうな快感が、アンネリーゼを襲った。

「っぁ！　……っぁ、……あ、あ……っ」

ひたすら疼いていただけに、脳天までぞくっと快感が抜けた。

姿勢を保つこともできないまま、アンネリーゼはのけぞっていた。彼の上で、ガクガクと痙攣《けいれん》する。

「んぁ、……ぁ、あ、あ……っ、……んぁあ……っ」

何が起きたのか、わからない。ただ身体の中で快感の爆発が起こり、それによって意識が飛んだようになったのだ。クレメンスをまたいだ姿で、その身体の上にべったりと座りこんでいた。

「っも、……申し訳、……ござい、ませ……ん」

だから、意識がはっきりとしたとき、まず気になったのはそのことだった。早く腰を上げて、この不敬な格好をどうにかしなければならない。だが、完全に腰が抜けていて、太腿に力が入らない。

もがくアンネリーゼに、クレメンスが優しく言った。

「大丈夫。……しばらくは、その格好のままでいい。……すごく、……君が濡れているのがわかる」

——濡れて……？

何を言われているのかわからない。だが、どうにか腰を上げようとしたとき、足の奥がぬるっとした。足を開いたままへたりこんだものだから、そこが彼の身体と触れていたのだ。濡れているとは、このことだ。

恥ずかしさに、目から火花が散りそうになる。

「あの、……私……っ」

身体がひどく熱く火照っている。執拗になぶられた乳首がじんじんと疼いていた。なのに頭がぼーっとするような脱力感があって、息も上がりきっている。

軽く腰を浮かしたままの格好でどうすればいいのかわからずにいると、クレメンスがそんなアンネリーゼを暗闇の中で見つめながら言った。

「乳首だけでイっちゃったなんて、可愛いね。君の身体がどれだけの素質を秘めているのか、あと少しだけ確認させてくれる？　まずは、まだ途中だった乳首を、もっと舐めさせて」

「……え……っ」

この身体は異変ばかり訴えてくる。

もう終わりにしてほしいのに、まだなぶられ足りない側の乳首は疼いたままだ。最初にされた乳首と同じようにたっぷりとしゃぶられるのかと思うと、これから自分が受け止めることになる快感の量に気が遠くなった。

「……です、……が……っ」

こんな快感の連続には耐えられない。だけど、クレメンスにねだるように見つめられてしまっては、彼に弱いアンネリーゼは逆らえない。アンネリーゼは何かに取り憑《つ》かれたような状態のまま、クレメンスの口元に乳首を近づけた。

吐息がかかっただけで、息を吞む。

次の瞬間には、クレメンスの唇が再びそこに吸いついていた。

「っぁあ!」

身体の芯まで、強烈な刺激が走る。

さらに、ちゅ、ちゅっと吸い上げられ、そのたびに腰の奥まで襲いかかってくる快感は、腰砕けになりそうなほど強い。

「っあ、……っぁ、……っぁあ、……あ……っ」

クレメンスに吸われるたびに、乳首から身体の芯まで快感に貫かれ、脳天で弾けた。

この世に、ここまでの快感があるとは知らなかった。乳首を舐められ、吸われることが、これほどまでに気持ちいいなんて。

「は、……っは、……は、は……っ」

ひたすら乳首をなぶられている間にも、先ほど爆発する前に味わった重いような奇妙な快感が、アンネリーゼの腰からじわじわと広がりつつあった。

「何か、……変なの……」

「何が、変?」

「さっきの、……、変な感覚が……きて……る……っ」

乳首を下から上のほうへと舌で跳ね上げられるたびに、びくんと上体が波打つ。

そのままちゅう、と乳首を吸われると、太腿までがくがくと痙攣してきた。

「ああ、また乳首でイっちゃうのか。アンネリーゼ、君は、僕が見こんだ通りの人だね」

「……っ、……それって、どういう……」

褒められているらしいことはほのかに感じ取れるのだが、自分のどこをどう見こまれたのか、アンネリーゼには理解できない。

クレメンスは軽く乳首を甘嚙みした。

「んぁっ！」

吸うのや舐めるのとは違った、硬質の刺激が、乳首に襲いかかる。チリッと混じった痛みが、快感を底上げする。

「つまり、……君の乳首が、……たまらなく可愛いってこと」

そんな言葉と同時に、また乳首を嚙まれた。

今度は先ほどよりもずっと力がこもっている。その一点にたまらなく感覚が集中していく。

何度か甘嚙みしてから、とどめとばかりに乳首にカリッと歯が立てられた。

「っぁあああ……！　っぁ！　あ！　あ！」

何が起きているのか、わからなかった。身体の芯のほうまでキュンと快感が貫き、強烈な快感が体内で爆発する。

先ほどの絶頂よりも、さらに強烈な爆発に呑みこまれた。さらに花弁《かべん》も襞も小刻みに震えている気がするほど、他の部分にまで甘い余波が広がる。

全身から力が抜けた。クレメンスの顔が完全に胸元に埋まりそうなほど上体を倒してしまいそうになったが、ほんのわずかに残った理性がアンネリーゼの身体を支える。

どうにかベッドに腕をつき、上体を支えて、アンネリーゼははぁはぁと荒い息を漏らした。なかなか息が整わない。

呼吸に、視界が揺れる。

「ん、……ぁ、……はぁ、……っ何、……今、のって」

「上手に、イけたんだね。乳首だけで、二回も」

クレメンスは、たまらなく満足そうだった。

イク、とか、イけたというのが、自分が今、味わった快感の爆発のことだとおぼろげに理解する。

「あの、……わたし……」

だけど、快感を味わったのはアンネリーゼだけだ。クレメンスは乳首を舐めただけで、何ら気持ちがいいことはなかったはずだ。

もう精根尽き果ててくたくただったが、次は自分のほうがクレメンスにこの快感のお礼をしなければならないのではないだろうか。

そんなふうに考えていたのだが、クレメンスは優しく言葉を重ねる。

「君にキスしたい。今、僕は縛られていて、自分からは身体を動かせない。だから、君のほうから、唇を近づけてくれるかな？」

「……はい」

アンネリーゼはうなずいた。

乳首を舐められるのはとんでもなく恥ずかしいことではあったが、たまらなく気持ちがよかった。世界が変わるほどの快感がそこにはあった。

クレメンスに初めての絶頂まで導かれたことで、自分のすべてを彼に許してしまったような、くすぐったさがある。一気に親近感が増し、愛おしさを覚えた。

彼も同じ気持ちなのか知りたくて、アンネリーゼは彼の顔をのぞきこんだ。

「すごく、……気持ちがよかったの」

正直に伝えてみる。すると、クレメンスは天使のように清らかな笑みを浮かべる。先ほどアンネリーゼの乳首を淫らな舌づかいで舐めていた人とは、別人のようだ。

「僕も、ひどく満足してる。君はとても素晴らしいな」

「……満足？　だって、クレメンスさまは、……何も……」

「たっぷり、君の可愛いところを見せてもらったからね。理想そのものだ、君の身体は」

その言葉に、クレメンスが十六歳のときに口にした言葉を思い出した。

女性の身体のことは、何も知らなくて怖いと言っていた。あの少年は、今は成長して、そんなふうに感じることはないのだろうか。

「君との結婚話を、正式に進めたいんだけど、いいかな？」

いきなりの言葉に、アンネリーゼは絶句した。

——待って待って待って……！

話が早すぎる。どうにか今回はごまかせたものの、この先もずっと、上手に隠し通せるのか、自信がない。

だが、知ったばかりの気持ちよさが、まだ頭をぼうっとさせていた。もしかしたら、このまま隠し通せるのではないか、という甘すぎる考えが胸に忍びこむ。

——そうよ。やれないことはないはずよ。

それには、条件があった。

「……結婚まで、私にリードさせてくださいますか」

おずおずと聞いてみる。

「ああ。君がそうしたいのなら。……いつまでも、君の好きにするといい」

にこやかに言い放たれ、アンネリーゼは胸を打たれた。この寛大さは、育ちのよさから来るものなのだろうか。

「あなたは、縛られたままでいいの？」

念のため、尋ねてみる。

クレメンスは、幸せそうに答えたのだった。

「ああ。……君の胸をこうして味わわせてくれるのなら、僕には何も不満はない」

〔三〕

翌朝の目覚めは、最高だった。

自分のベッドで目覚めたとき、アンネリーゼはあれは夢だったのではないかと疑った。だが、執拗《しつよう》になぶられた乳首が少しヒリヒリしたから、やはりあれは現実だったのだと認識するしかない。

あの後、アンネリーゼはすぐに自分の部屋に戻った。朝まで一緒にいないか、とクレメンスに誘われたのだが、手の拘束を解いてしまったから、どこに触られるのかわからなくて、戻るしかなかったのだ。

そして、昨夜、戻る途中でとても気になったことがあったことを思い出した。

――クレメンスさま。もう起きていらっしゃるかしら?

自分の部屋で食事をとりはしたが、どうしても気になることがある。身支度を整えたりしてしばらくは時間を潰したものの、まずはそこを解決しないと何も始まらない感じがある。だからこそ、アンネリーゼは今日の仕事のはじめとして、クレメンスの部屋に向かったのだ。

すでに離宮は活動を始めている。

侍従や侍女たちが、アンネリーゼとすれ違うたびに丁寧に挨拶《あいさつ》してくれた。

アンネリーゼはそれらに挨拶を返し、クレメンスの部屋の前に立った。

ドアの前には歩哨《ほしょう》がいたが、アンネリーゼの姿を見ると、昨夜のように無言でドアを開けてくれた。クレメンスの姿は応接室にはなかったが、まだ寝室にいるのだろうか。それとも、とっくにどこかに出かけたのか。

おずおずと、アンネリーゼは寝室をのぞいてみる。

「おはようございます。クレメンスさま。まだいらっしゃいます？」

尋ねたが、返事はない。だから、もういないものだと考えてその中に入りこみ、分厚い窓の緞帳《どんちょう》を開き、窓を開いた。

花の芳香を含んだ秋の風が、ふわっと入りこんでくる。それに気持ちよさを感じながら、抜けるような空を見上げる。今日もいい天気だ。

それから、窓辺に椅子を自分で移動させてその上に立ち、天井のあたりに手を翳《かざ》した。

そんなことをしていると、物音に気づいたのか、天蓋《てんがい》の布がかき分けられて、寝ぼけ顔のクレメンスが姿を現した。

「おはよう。早くから、活動的だね」

目が合うと、屈託《くったく》なく笑ってくれる。まだまだ眠そうだが、朝の光の中のクレメンスの破壊力に目をくらまされて、アンネリーゼは椅子から落ちそうになった。

「いらっしゃいましたか。起こしてしまいまして、すみません。すぐに出ていきます」

「いいよ、君に起こされるのは、かまわない。それに、ここにいて欲しい」

そんなふうに言いながら、クレメンスはそのままごろりと寝転がり、伸びやかな裸体を眼下に晒《さら》した。椅子の上のアンネリーゼは、そのままの姿を観察する。天蓋の布が開いたままだったからだ。

——ここまでハンサムだと、こうしてベッドで寝乱れる姿もさまになるわ。

目がそこから、離れてくれない。

昨日は輪郭ぐらいしかわからなかった上半身が、好きなだけ見てもいい、とばかりに露《あらわ》にされているのだ。

細身だが、いい感じに筋肉がついていて、盛り上がった胸筋のラインも艶《つや》っぽい。てのひらでなぞってみたいし、自然と口腔《こうこう》内に唾が湧く。だが、舌なめずりしている気分で視線を上に移した途端に、クレメンスとまた目が合った。だらしない顔で見とれているのを見られてしまったアンネリーゼは、慌《あわ》てて視線をそらす。

「で、どうしたの？　昨日は、さっさと帰っちゃったのに」

「クレメンスさまの部屋に、用事がありまして」

アンネリーゼは天井のあたりにぎこちなく視線を戻した。

もっと天井付近に寄りたいのだが、天井は高く、椅子に乗ったぐらいでは望みの高さまで到達できない。精一杯手を翳しながら、尋ねてみる。

「クレメンスさま。朝早くから、申し訳ありません。まだベッドにいらっしゃるところを、恐縮なんですが、……少しだけ、このお部屋を調べさせていただいてもかまいませんか？」

「ああ。好きにしていい。何がしたいの？」

尋ねられて、アンネリーゼは一度椅子から降りた。

「昨日、この部屋から出たとき、室内で風を感じたんです。普通なら、窓でも開いていない限り、そんなふうに風が通ることはないんですけど」

「風？」

「そのときに、窓も確認したんですが、閉じていました。つまり、隙間風です。ここまで風が通るようですと、クレメンスさまがここで暮らすにも、不自由なされると思いまして。これから秋も深まって、寒くなりますから」

「確かに、ここに来てから、たまにスースーするな」

「ですよね？　ご不自由させてしまって、申し訳ありません」

アンネリーゼは深々と頭を下げた。ここを設計したのは父だが、身内であるから自分にもその責任があるような気がしてしまう。

「後ほど、邪魔にならないお時間に、ここを調べさせていただいても、よろしいでしょうか」

「ああ。よければ、今、すぐでもいいよ。僕はここから、もう少し君を眺めさせてもらうから」

クレメンスはまだゴロゴロしていたいようだ。だが、目は興味深そうにアンネリーゼに向けられている。

そんなふうに興味を示されると、アンネリーゼはいたたまれなくなった。見つめるのは好きでも、見つめられるのには慣れない。

視線を感じただけで、ギクシャクしてしまう。だからこそ、何かせずにはいられず、部屋の外で待っていてもらった侍女に命じて、職人を呼んでもらった。そのときに、はしごも持ってきてもらったので、クレメンスの許可を取って室内に運びこんだ。

「力持ちだね！」

一人で軽々とはしごを操るのを見られて、そう言われた。しまったと思ったが、今さら取り繕えない。

「慣れてますから」

そんなことをしている間に、だんだんとクレメンスの目は覚めてきたらしい。気になっていた壁際にはしごを立てかけたときには、彼はベッドから出てきていた。はしごを支えるようにそっと手をかけ、下からアンネリーゼを見上げてくる。

膝丈の下穿《したば》き一枚だけの姿だが、肩を覆う金色の髪や、伸びやかで引きしまった身体つきと相まって、その姿はまばゆく光り輝いた。

その姿をちらちらと目の端で拝みながら、アンネリーゼは、はしごを慣れた様子で登っていく。天井近くであらためて空中に手を翳した。室内の風の動きが知りたかった。

「何をしているの？」

クレメンスは聞いてくる。

アンネリーゼは風が通る方向に目を向けた。

はしごを立てかけた付近の天井と壁のつなぎ目に、細かな装飾がある。植物をかたどった見事なものだが、そのつなぎ目から風を感じるのだ。

「ここから、空気が流れているんです。本来ならば、ここは漆喰《しっくい》で綺麗《きれい》にふさいでから、装飾をつける決まりなんですけど、上に装飾がつくからって、当時の職人が手抜きをしたかもしれません。ですから、この隙間をふさがないと」

どこからどこまでその手抜きがされているのか、アンネリーゼは何ヶ所かにはしごを移動させて確認していく。驚くべきことに、装飾のあるすべての天井付近から、風が入ってきていた。

――これは、大問題ね。

これは早急に補修工事が必要だと思いながら、アンネリーゼは、はしごから降りた。それから、下にいたクレメンスに伝える。

「ごめんなさい。この建物は、父が設計して建てたものです。十年前に完成したんですが、手抜きがあるのかも。早急に、風が通るのを塞ぐ補修工事をさせていただけますか」

「今は秋だから、風が抜けていても、さして困りはしないけどね」

「ですが、冷え込む日もあるかもしれませんし、この穴の大きさですと、虫も入ってくるかもしれません」

「虫か。そういえば、たまに見る。どこから入ってきているのか、不思議ではあった。……すぐにするの？」

「はい。漆喰は持ってきてますから。丁寧に装飾を外して、漆喰でふさいで、それが乾くまでに、二、三日。その間、申し訳ありませんが。お部屋を移っていただけますか。早急に工事したほうがいいので」

「それはいいけど、……君の口調が気になるな」

クレメンスの手が、アンネリーゼの顎《あご》を下からすくい上げた。

さらに壁際に追い詰められて、アンネリーゼは固まる。すぐそばに、クレメンスの麗しい顔があった。

暗闇に隠されることなく、キラキラと輝くまつげや、ブルーの瞳が眼前に迫る。

「もう僕たちは他人ではないのだから、もっと砕けた感じで話してくれないかな」

「え？　え、あの……」

あまりにアンネリーゼが硬直していたので、これ以上ショックを与えないためか、クレメンスは顎から手を離し、正面から少しずれた。

「それはそうと、漆喰持参で来た令嬢は、初めてだ」

くすくすと笑われ、アンネリーゼはじわじわと赤くなる。補修資材や測量のための道具とともに動くのは日常だが、そんな自分をこんなにも甘く扱《あつか》われると、きゅうんと胸に戦《せん》慄《りつ》が走る。

乙女心が目覚めて、きゅんきゅんする。

「し、……漆喰は、……離宮を補修したい、というオーダーを受けてましたから」

「そうだね。だけど、それは名目に過ぎないと、ちゃんと伝えてあったはずだけど」

それは父から聞いていたが、だからといって気になるところがあったら補修をせずにはいられない。隙間を無視できない。

「ま、まだ点検を始めていないんですけど、貴賓室が今みたいな様子でしたら、あちこちに手抜きや、補修が必要なところがあるはずです。それらを、滞在している間に全部チェックして、補修させてください。連れてきた職人でできるものなら、すぐに。特別な資材や、専門の職人が必要な場合は、材料を調達して、補修していきますから」

「君にここで、ゆっくり過ごしてもらいたいんだけど」

そうしようよ、とばかりに魅惑たっぷりな目で見つめられると、心が動きそうになる。

クレメンスと甘い時間を過ごしたい気持ちは、アンネリーゼにもあった。

だが、それよりも、問題があったらそれを補修したい、という思いのほうが上回ってしまう。

「ですけど、……気になりますから」

アンネリーゼは蚊の鳴くような声で言ってから、開き直ってぐるりと室内を見回した。

見て見ぬふりなど、できそうにない。

「この離宮のみならず、宮殿にも少なからずそういう傾向があるんですが、住む人のことを考えていない造りが多いんです。見かけは本当に素敵なんですけど、そのために住みやすさが二の次にされてて。……今回のこの天井装飾についても、空気が通ることよりも、見栄えを取ってるんです。最初は手抜きかと思ってたんですけど、しばらく眺めていたら、そうではないとわかってきました。訂正します」

アンネリーゼは日が差しこんできている天井の装飾付近を指し示した。

「漆喰で隙間をふさがないでおくと、陽光が隙間からチラチラと入って、この装飾のあたりがキラキラと輝くんです。だから、父はあえて隙間を作ったんだと思います。ですが、……やっぱり、空気が入ると寒いですし、虫も入りますから、私は住みやすさを優先させたいと思います。儀礼的な場所ならともかく、人が生活する場所では、隙間をふさぎます」

きっぱりと言って、アンネリーゼはクレメンスを見た。

見かけよりも住み心地を優先させる大切さは、長い時間家にいることが多い母からのオーダーによって、気づいたことだった。

父が造った、あくまでも外観重視の邸宅は、それほどまでに不自由だらけだった。

アンネリーゼは母の不満を聞いて、それが解決するように細かく手を加えていった。

そのためもあって、格段にオトマイアー邸は暮らしすくなったと思う。そのことで母はとても喜んでいたし、アンネリーゼは自分が役に立てたことが誇らしかった。

自宅の暮らしやすさの変化を母が貴族の奥方たちに大げさに吹聴《ふいちょう》したこともあってか、他の邸宅も改装してもらいたいというオーダーが次々と舞いこんだ。

彼女たちの声に耳を傾け、アンネリーゼが手を加えたら、格段に暮らしやすくなった。

そのことが口から口へと伝わっていって、今ではアンネリーゼを指名しての補修の仕事は定期的に入ってくる。

宮殿や離宮には、その堂々たる外観や、芸術的な内装を見せつけることによって、国家としての威厳を知らしめる意味がある。

だからこそ、その外観は何より大切なのだが、それによってそこで過ごす人が不便を強いられているような気がして仕方がない。

補修によって、クレメンスがこの部屋で心地よく過ごせるようになってほしい。他の客室の様子も、この機会に全部確認しておきたい。

その思いを胸に、アンネリーゼは暖炉の前で屈《かが》みこんだ。

「この暖炉も、気になるんです。どうにも、風の通りが悪いような気がして」

この離宮には、湧き出す温泉を利用した最先端の暖房設備が備わっている。部屋から部屋にパイプを張り巡らせ、そこに通した温水によって、部屋全体を暖める仕組みだ。温水はポンプによって制御されている。

だけど、そのパイプは十年の間に温泉成分でふさがれたらしい。今はその設備は使われておらず、後付けの暖炉が各部屋を暖めていた。

「ああ。母がいつか、ぼやいていた。かつては部屋全体が暖かかったのだが、暖炉が使われるようになってからは、寒くて暮らせたもんじゃないと」

それはおそらく、パイプが使えなくなったためだ。

「パイプで、部屋全体を暖める仕組みなんです。ですから、パイプを定期的に取り替えなければならないのに、それがなされてこなかったようです。総点検して、次の冬が来るまでに対処します。冬場でも、温泉療養に来る人はいるんですよね？」

「ああ。冬場は寒いから、温泉で温まりたいと、特に人気らしい。だけど、やはり部屋の寒さが問題になっているようだ」

「間に合わせます。何としても」

アンネリーゼは言う。どんなふうにすれば冬までに工事が終わるかと、手順を頭の中で素早く考えた。調達には、それ専門のスタッフがいる。すぐに資材をそろえなければならない。まずは何がどれだけ必要なのか、早急に計測する必要があった。

父の体面のために言っておいた。

「この離宮は、本当に素敵なんです。周囲の森と調和して、見事に映える白亜の城。だけど、外見と過ごしやすさは、また別の話ですし、細かなメンテナンスも欠かせません。ここでは、メンテナンスが欠けていたようです」

「そうだな。造って、そのままになっていたようだな。オトマイアー男爵には、メンテナンスまでは依頼していなかったようだ」

そう言ってクレメンスは、室内をぐるりと見回した。

「君に言われるまで、過ごしやすさなど考えたことはなかったな。不自由なのが、当然だと思ってた」

建物が立派であればあるほど、しかもそこが何十年、何百年を経た歴史的な建物であればなおさら、人々はそこに過ごしやすさというものを求めなくなる。元の形のまま、変わらずにあるのが当然で、不自由を我慢しながら、なんとか生活しているのだ。

クレメンスが住む宮殿も、そんな傾向が強いのだろう。

エースタライヒ王室への権力の一極集中を表すために造られた、バロックの最高傑作だ。

その外観や内装は惚れ惚れするほど立派だったが、アンネリーゼはそこを歩くたびに、居住区域の住み心地はどうなのだろうと、気になっていた。

だが、王城の建築に父は関わっていない。男爵令嬢というアンネリーゼの身分では、入ることができる範囲は限られている。

椅子に座ったクレメンスの整った顔立ちが、少し憂《うれ》いを漂わせているように思えて気になった。

世継ぎの王子として、何一つ不自由なく育てられたように思えるクレメンスにも、何か悩みがあるのだろうか。

「宮殿も、……何か不自由がおありでしたら、私に手を加えさせていただければ」

出過ぎたことだと思いながらも、言ってみる。

金銀の豪奢《ごうしゃ》な飾りで覆われた立派な宮殿の奥に、アンネリーゼは入ることができない。

だけど、ちゃんと部屋は暖かいのだろうか。クレメンスの住むところに、隙間風は吹きこんでいないか。重厚な大理石は、墓場のような底冷えする寒さをもたらしてはいないだろうか。

アンネリーゼの言葉に、クレメンスは視線を上げてかすかに微笑んだ。それから、遠く窓の外に視線を移す。

「宮殿の僕の部屋のことを、思い出した。夏場はまだいいけど、冬場は冷えこむ。息を吐くと、室内でも真っ白になるぐらいだ。だけど、幼いころ、僕にかまってくれる人はいなかった。暖炉で火が焚《た》かれることは滅多《めった》になくて。……まれに火が焚かれたときには、嬉しくて、暖炉のそばから離れられないほどだった」

幼いころのクレメンスが、信じられないほど過酷な状況に置かれていたことに、アンネリーゼは目を見開いた。

幼いころの貴族の子供は、ある程度の年齢になるまで親にかまわれることなく育つ。よく死ぬからだ。

このエースタライヒ王国では、一歳までに十人に一人が、五歳までに四人に一人が、病気や事故などで死ぬとされていた。流行病《はやりやまい》があれば、それよりも生き延びる子供は少なくなる。

だから、できるだけ子供は多く作るのが普通だ。しかも貴族であれば、子供が死んでも悲しくないように、親から引き離されて乳母に育てられる。六歳を超えるまで、親とは滅多に顔を合わせることがない。

いわば亡霊のような境遇に置かれる。

クレメンスも、まさにそんな状況だったのだろう。

「幼いころの僕は、大人から無視されて、宮殿の奥で放置されていた。冬になると寒くて、ベッドから出ることすらできなくなる。僕に与えられていたのは、綺麗ですべすべで軽い、薄い絹の服ばかりだった。……寒すぎて、部屋の壁を剝《は》がして燃やしたくなることがあったぐらいだったよ。……だけど僕は、火を熾《おこ》す方法も知らなかったから」

かつてクレメンスが、火の熾し方にすごく興味を示していたことを思い出す。

アンネリーゼが生まれた男爵家では、王室並みの親子の断絶はなかった。それでも、そこそこ大丈夫になる六歳ぐらいまで乳母の家で育てられたから、なんとなく理解はできる。

——乳母のあたりはずれが、とても大きいと聞くわ。

愛情たっぷりに子供を育てる乳母もいるし、虐待や放置まがいのことをする乳母もいる。子供はちょっとした事故や病気で死ぬから、そのことを訴えることもできない。

そのときのことを思い出したのか、クレメンスの頰が強《こわ》ばっていた。

「やたらと広い寝室に、一人だけのベッド。しつらえだけは豪華だし、立派だったけど、隙間風が入らないように、細やかな心配りをしてくれる人は、一人もいなかったな。あのころ、君がいてくれたら、違ったかもしれないが」

そう言って、憂えた視線を流されると、心臓をぎゅっと摑まれたようになる。

かなうことならば、幼いころのクレメンスを救いに行きたかった。まずはきつく抱きしめてその冷えきった身体を温め、暖炉に火を焚きたい。

だけど、過去に戻ることはできない。アンネリーゼにできるのは、今後も寒さに凍える子供がいないように隙間風をふさいで、部屋を暖かくするぐらいだ。

「宮殿はとても素晴らしいわ。訪れるたびに、惚れ惚れと見とれるの。天まで届くほどにそびえ立つ、立派なファザード。千を超える部屋を持ち、天文学的な金額が注ぎこまれた、完成度の高い素晴らしい建物だわ」

思い出すだけで、うっとりする。人々が想像する天上の宮殿を、見事に体現したきらびやかな富と権力の象徴。

ですけど、とアンネリーゼは続けた。

「二代前の建物ってこともあって、住み心地という観点が欠落しているように、思えてならないんです。私が踏みこめる範囲はわずかなんですけど、空気が滞った場所があると思えば、外同然に風が抜けていくところもあります。日当たりがよすぎる広間は、装飾がすごすぎるのと、鏡があるせいで、まぶしくて目も開けていられないところもあって」

「……わかる」

深々とうなずいて、クレメンスが同意した。少し顔をしかめて、まぶしそうな顔をする。思い出したのだろう。

ごくまれにしか宮殿に行かないアンネリーゼとは違って、クレメンスはその不自由さを嫌というほど実感しているはずだ。

さぞかし住みにくいだろうと想像できていたから、アンネリーゼはおずおずと言ってみる。

「私に改装させてくださったら、見事な外観はそのままで、住み心地を格段によくすることも可能だと思うのですが」

せめて隙間をふさぐぐらいはさせてください、とアンネリーゼは付け足した。

クレメンスのためにも、自分の技術を役立てたい。これ以上、寒い思いをさせたくはない。

貴族の女性の職業婦人は、ほとんど存在していない。今のところ、アンネリーゼが関わることができるのは、父に依頼があった建物や、母の口伝えでの、改装の依頼ぐらいだ。

いつかは、父の手伝いの枠から外れて独り立ちしたい。それが、アンネリーゼの夢だった。

「ならば是非、僕と一緒に宮殿へ」

気を持たせるような物言いをされて、アンネリーゼはドキッとした。

――今のところ、私の秘密は知られていないようね。

クレメンスとの関係がうまくいかなかったとしても、住みにくい館に住む女性や子供たちの不自由を、こつこつと解決していきたい。クレメンスの告白によって、その思いが強くなった。

「ありがとう。クレメンスさまのお言葉で、改築を頑張ろうという気持ちが強くなりました。まずは、この離宮の住み心地をよくするのが、私の役割ね。ここでの仕事を見ていただいて、私の腕を認めてくださったら、宮殿の補修工事に推薦してくださる？」

アンネリーゼはクレメンスをまっすぐに見て、おずおずと言ってみる。

「もちろん」

その返事にホッとした。

それぞれの部屋の、隙間や立て付けの確認。それから、各部屋に湯を流すパイプの入れ替え。

まずは、それが必要だった。


クレメンスが侍従に口添えしてくれたので、その日からアンネリーゼは離宮のどんなところにも入ることができるようになった。

普段なら、この離宮には複数の賓客が滞在するらしい。だが、今はたまたま人が少なくて空《あ》いているそうだ。それだと、作業がしやすい。

——頑張るわ……！

うきうきする。

十年前は、ただ魅了されるだけだったこの離宮に、こんな形で関われる日が来るとは思ってもいなかった。

アンネリーゼはクレメンスと別れて部屋に戻り、連れてきた三人の職人と、図面を前にして、手順を確認する。

職人たちには、まずはパイプについて確認してもらうことになった。資材調達が必要だからだ。その間、アンネリーゼは他の客室や設備に問題がないか、見回ることになった。

クレメンスの時間を奪うのは申し訳ない。アンネリーゼが担当した作業なら一人で進められるし、付き添いは不要のはずだったが、クレメンスとしてはアンネリーゼの作業が気になってたまらないようだ。何かとかまわれ、見回りに付き添われて、そのたびにめくるめく幸福に投げこまれる。

補修のための作業を進めていたある日、お昼に誘われた。

陽当たりのいいテラスで食事をしているときに、尋ねられた。

「今日は、何をするの？」

興味津々《きょうみしんしん》な顔をして、気のある視線を向けられる。

アンネリーゼは少し考えた。本当は食事をする時間も惜しいぐらい、離宮のあちらこちらを見て歩きたくてたまらない状況だったのだ。だが、クレメンスの誘いを無視できるはずがない。目の前にいられるだけでも、まぶしさに目がチラチラして、正視できない。

「午後から、露天風呂に行ってみようと思っています」

目の前にてのひらでさりげなくひさしを作りながら答える。陽の光が差していたから、クレメンスはそれがまぶしいせいだと勘違いしてくれるだろう。

「だったら、僕も行きたいな。あ、でも、誰かいるか」

「この時間は湯が抜かれて、お掃除中のはずです」

「だったら、一緒に行ける？」

「ええ」

こんなふうに、クレメンスにかまわれるとドキドキする。

仕事もしたいし、クレメンスとも一緒にいたい。その望みを、一度にかなえる方法だ。

クレメンスも何かと付き添ってくれるから、それほどまでに自分と一緒にいたいのかと思うと、幸せすぎて気が遠くなる。クレメンスと視線が合うたびに、にっこりされて、美形の破壊力の強さに早くも卒倒寸前だった。

どうにか昼食を終えると、アンネリーゼはクレメンスと連れだって、庭の一角にある露天風呂へ向かった。

ここの温泉療養の中心であり、古代ローマの大浴場をイメージして作られたものだ。広くて豪華な造りで、あちらこちらに古代ローマ風の柱や彫刻が配置されている。この建物全体に、温泉成分で傷むことがないように加工された大理石が使用されていた。

「さすがは、王妃さまのための施設ね！」

アンネリーゼは、まずは露天風呂を惚れ惚れと眺めた。

大きくて立派な浴槽からは湯が抜かれており、木の葉一つないほど綺麗に清掃されている。浴槽の外側には、休憩のためのベンチが並んでいた。片隅には、飲泉のための設備がある。

アンネリーゼは靴を脱ぎ、裸足になって浴槽の縁を歩いた。湯はないが、掃除の後だから、床が濡れていたからだ。ドレスの裾《すそ》が濡れないように、少したくし上げて、ペタペタと歩く。

クレメンスもアンネリーゼを真似て、靴を脱いだ。膝丈のズボンはそのままでいいが、靴下留めで留められている絹の靴下が邪魔になるようだ。それをどうしたものかと見つめていると、器用に服の上から脱いで、白い素足を剝き出しにした。

——あ……。

靴下を脱ぐ仕草に、アンネリーゼはドキドキする。

ご婦人が靴下を脱ぐさまにドキドキするという男性側のフェティッシュな趣味があるのだと、小耳に挟んだことがあった。クレメンスのその仕草によって、アンネリーゼもその趣味に目覚めそうだ。それほどまでに、男の色香漂う仕草だった。

靴下を脱ぐのを見ただけで顔が赤くなってしまったアンネリーゼは、露天風呂のへりを歩きながら、身体の熱を冷ます。適当なところで、立ち止まった。クレメンスが追いついてくるのを待った、話しかけた。

「ここがすごいのは、女性のための施設、ってことですよね。王妃さまのためのもので、男女共用になっていないこと」

女性用の施設だから、クレメンスは滅多にここには来ないのだろう。物珍しそうに、あたりを眺めている。

各辺二十メートルぐらいはある大きな浴槽と、それを屋根として覆う形になっている半円状の目隠しが見事だ。目隠しは骨組膜構造《ほねぐみまくこうぞう》と言われる、薄く大きいドーム状のものだった。日差しや天候に応じて、閉じたり開いたりできる仕組みだ。

アンネリーゼはその目隠しに近づき、まずはじっくりと観察した。

一見、綺麗に見えたが、だいぶ温泉成分で腐食して、端のほうから変色しかけている。今の状態では、覆いを使った日は気分が晴れ晴れしないはずだ。

「この覆いを、完全に新しくすることを父さまに提案してみるわ。軽くて丈夫な素材もいろいろ出てきたので、さらにいいものができるかも!」

新たな素材に合わせて、いろいろ強度計算をしてみたくなった。あれこれ検討して、計算しているときがとても楽しい。ピタリといい感じにはまったときには、一人で大喜びしているぐらいだ。

新しい覆いの設計図を作って、父に送って確認してもらってから、材料の手配を行う手順だ。そんなふうに考えただけでも、わくわくしてきた。

「あと、ベンチの数や配置なども、考えたほうがいいかもしれないです。夏場はひんやり、冬場はベンチが冷えこまない工夫がいるわ。王妃さまから、どこが不自由で、こうしてほしい、みたいな希望は聞かれたことがありますか？」

「いや」

「でしたら、……どうしよう。お手紙を出してみても、……大丈夫でしょうか。それとも、伝令のほうが？」

ここから王都までは、馬車で半日の距離だ。伝令ならば、もっと速い。いろいろやりとりできるほどの、短い距離ではある。

「だったら、僕が母に手紙を書いておこう。君とうまくやっているのか、気にしていたから、ちょうどいい」

クレメンスがそのように、請け負ってくれる。

「ありがとうございます」

お礼を言いながら鼓動が落ち着かなくなったのは、クレメンスが二人の関係の進展について匂わせたからだ。

――ええと。

あの夜から、三日が経つ。ずっとふわふわしていた身と心が少しだけ落ち着いてきた。だけど、何だか恥ずかしくて、アンネリーゼはクレメンスを避けるように早足で露天風呂の縁を歩いた。

クレメンスが嫌いというわけでは、もちろんない。彼と夜を重ねることに、ためらいがあっただけだ。関係が深まれば、それだけ秘密が露呈する可能性が増す。もっとこの心地よいひとときを、味わっていたい。

ふとその先に、温泉を適温にして注ぎこむためのポンプ小屋が見えた。

ポンプ小屋を目にするなり、アンネリーゼは懐かしさでいっぱいになる。

「次はあそこを、確認するわね」

クレメンスがうなずくよりも先に、アンネリーゼはポンプ小屋に歩き始めた。クレメンスも、その後を追ってきた。

ポンプ小屋は蒸気の動力で川の水を汲み上げ、温泉のお湯と混ぜて温度を調整してから、露天風呂に送る設備だ。離宮全体の暖房に使うパイプのお湯も送り出している。

十年前、アンネリーゼを魅了してやまなかったのが、この蒸気機関だった。

パイプ小屋に近づき、ドアを開くとその中央に記憶していた通りの蒸気機関が置かれている。

小屋の中央には大きなパイプが通っていて、蒸気機関を経由した後で、二股に分かれていた。一方は露天風呂に、もう片方は離宮の暖房のために湯を回す。

ここ、覚えてる？　と口走りそうになったアンネリーゼは、慌ててその言葉を飲みこんだ。

十年前、ここにクレメンスと忍びこんだ。そのときのことを、彼はどこまで覚えているのだろうか。

あえて隠しているわけではなかったが、この離宮で再会してからというもの、あまりに物事がめまぐるしく動いたので、思い出話を切り出す機会がなかった。

だが、このポンプ小屋はアンネリーゼだけではなく、クレメンスの記憶も刺激したらしい。彼は懐かしそうにポンプ小屋の中を見回してから、窓から露天風呂を眺めた。

ポンプ小屋は中で蒸気機関を動かすために石炭を焚くから、換気も大切だ。そのために、大きな板張りの窓を設けてある。今は蒸気機関は止まっていたが、閉じていた窓を開け放してから、クレメンスが言った。

「この近くから、……風呂をのぞいたことがある。十年前のことだ。今、のぞいたら大問題になるだろうけど、それは十年前の、子供のころの話だ。怒らないでほしいんだけど」

アンネリーゼに引かれないためか、クレメンスはそんな物言いをする。

――怒らないけど。……昔のことを、覚えていらっしゃったんだわ。

その告白にアンネリーゼはドキドキした。

何より、そうするようにクレメンスをそそのかしたのは、他ならぬ自分だったからだ。

今さらながらに罪悪感がこみ上げ、まともに振る舞えなくなっているのを自覚する。だが、クレメンスは窓からのんきに外を眺めていたから、アンネリーゼの異変には気づかなかったことだろう。

「懐かしいな。一緒にのぞいたのは、僕よりもっとちっちゃな子供だった。あの子は今頃、どこでどうしているんだろう。もう結婚しているのかな」

――その子は、ここにいますけど？

思ったが、あえて名乗るのはやめておいた。あまりにも過去の自分が愚かすぎて、幻滅されたくなかったからだ。

あまり触れないほうがいいのだろうと思いながらも、それでもクレメンスの中で過去の自分がどのように記憶されているのか知りたくて、アンネリーゼは遠回しに尋ねてみる。

「どうして、のぞいたんですか？」

あのころのクレメンスは、とてもピュアだった。今でもその純粋さは、クレメンスにあるのだろうか。

結婚を申しこんでいるアンネリーゼに、過去の出来事を偽らずに告白してくれる人なのか、どうなのか。それとも。

「どうしてだろう。……今となれば、説明が難しいな」

クレメンスは少し窓から離れ、考えこむように視線を巡らせた。それから、軽く頬に指を添えて、アンネリーゼを見る。

「女性に興味があったんだ。女性の身体というものに。十六歳にしては僕は奥手で、好奇心でいっぱいだった。だけど、何もわからずにいたから、怖さもあって」

当時と、クレメンスの答えが変わらないことにホッとした。

「何せ王子という立場だったからね。近く結婚の話もあった。それは流れたけど、いずれは女性と子供を作らなければならない。だけど、女性の生の裸体を見たことがなかったから、性に関することすべてが、未知すぎて怖かった」

「今でも怖いですか？」

そんなことはないだろうと思いながら尋ねると、クレメンスはひどく愛《いと》おしいものを思い出すように、瞳を細めた。

「いや。……女性は好きだ。かつてこの露天風呂で、たまらなく綺麗なものを見た。そのときから、女性は崇拝《すうはい》の対象になった」

――崇拝の対象……？

それは初耳だ。

アンネリーゼもそのとき、ここで露天風呂に浸《つ》かっている女性を目にした。

女性専用だから、何も身につけずに入っている女性もいたが、若い女性はだいたい薄い湯着をつけていた。

のぞいたときの記憶で残っているのは、お湯で透けた薄物を押し上げる侍女の、豊かな胸の質感だった。確かにあれを見たら、たわわな乳房が崇拝の対象になるのも納得できる。

――クレメンスさまは先日も、すごく、胸がお好きだったわ……。

女体のことを思い出しているのか、クレメンスは夢見るように遠くを見ている。

本当に好きなもののことを考えているときには、人はこんな表情になることを、アンネリーゼは知っていた。父が建築の話をするとき、似たような表情になる。アンネリーゼも、建築のことやクレメンスのことを考えているときには、おそらく同じような顔をしているはずだ。

「そんなにも、ここで見た女性は綺麗でしたの？」

「ああ。とても素晴らしかった。ずっと忘れられない」

そのときの感慨《かんがい》を噛みしめているような、陶酔《とうすい》しきったクレメンスの声に、アンネリーゼは同意しつつも、ひどく自分が、がっかりしているのを感じていた。

やはりクレメンスは、たわわな胸が好きなのだ。わかっていたことではあったが、再確認したことで、さらに心臓に刃を立てられた気分になった。

先日、関係を持ったことで、クレメンスへの気持ちはどうしようもなく膨れ上がってい
た。

クレメンスのほうも、アンネリーゼのことを不思議と気に入ってくれている気配がある。

この恋をもう少し育てたい。彼をだましている思いはあるのに、クレメンスが好きすぎて、
自分からは終わりにできそうもない。破綻するまで、そばにいたい。

――ごめんなさい。

ポンプ小屋の中にいると、十年前の記憶が息苦しくなるほど濃厚によみがえってくる。

ここに隠れて、クレメンスと一緒に露天風呂をのぞいたときのことだ。

『見たいのなら、のぞいてみたら?』
そそのかしたのは、アンネリーゼからだった。当時は、女風呂をのぞくのが禁忌《きんき》だと、
まともに認識していなかった。女の子は性的なことに無知なまま育てられるのが美徳とさ
れ、アンネリーゼの乳母はそれを守ったからだ。
アンネリーゼの興味を引きつけていたのは、露天風呂の構造のほうだった。
特に、最先端の骨組膜構造の覆い。

その強度や素材が気になって、上ばかり見ていたような記憶がある。

その覆いが外部から何を隠しているのか、ということまで、考えたことはなかった。

『駄目だよ。……そんなことをしていたのが知られたら、大変なことになる』

クレメンスはいつになく真剣な顔で、アンネリーゼの提案を否定した。

今となっては、彼が言った『大変なこと』がどんなことだったか理解できる。

完成時、招かれてこの離宮に滞在していたのは、高位の貴族の子女ばかりだったからだ。

侍女たちに混じって入浴していた未婚の貴族の娘の裸を見たことが表沙汰になったら、責任を取れとばかりに結婚話が持ち上がり、相手によっては断れないことにもなっただろう。

だけど、幼いアンネリーゼはそんなことまで考えが及ばなかった。見たいのならば、見ればいい。大人の女性の裸はとても綺麗で、ドキドキするものだ。

だから、クレメンスと一緒に『綺麗ね』と言ってみたくて、日が落ちるのを待って、とっておきの隠れ家であるポンプ小屋にクレメンスを案内したのだ。

『ここからなら、よく見えるよ』

蒸気機関に興味があったアンネリーゼは、その小屋にしょっちゅう入り浸《びた》り、管理する老人とも顔馴染みになっていた。

彼がいつも夕方ぐらいまでしか、ポンプ小屋にいないことも知っていた。その時間以外は、故障でもしない限り、老人が現れることはない。

だから、日が落ちてからなら、誰にも見つからないはずなのだ。

案内したポンプ小屋の窓をそうっと開けると、露天風呂がよく見えた。露天風呂の四隅にはガス灯がぼうっと灯《とも》り、そこを行き来する女性の影が、湯気に浮かび上がっていた。

そこから風呂全体が見渡せたが、思っていたよりも人の姿は小さくしか見えない。アンネリーゼは、そのことに拍子抜けした。

『もっと、そばに行こう？　途中まで壁があるから』

あの美しいものを、クレメンスにもっと近くから見せてあげたい。湯を透かす肌や、綺麗な身体のライン。湯に浸かるために髪をかき上げている侍女は、いつもとは別人のように艶っぽく見えるのだ。

そんな気持ちに駆られたアンネリーゼは、怖《お》じ気《け》づくクレメンスの手を握って、強引にポンプ小屋から連れ出した。

ここから身を隠して移動すれば、もっと近くに寄れるはずだ。

露天風呂からポンプ小屋が見えないように、いくつか障壁が設けてあった。その陰からなら、よく見える。

そのとき握った彼の手が、ひどく汗ばんで熱くなっていたことを、今でもぼんやりと覚えている。励ますようにそっと指に力を入れると、クレメンスはきつくアンネリーゼの手を握り返してきた。

それだけ自分が頼りなのかと、アンネリーゼは奮い立った。そんなふうに頼られるのは、悪い気はしなかった。

当時のアンネリーゼにとって、それはちょっとした冒険に過ぎなかった。性的なものを知っているクレメンスに、どれだけの心の葛藤をもたらすものなのか、まるで想像もできないでいた。

『大丈夫だから』

ずっと年上のクレメンスを、自分が励ますことができるのが誇らしかった。

いろんな物陰に身を隠しながら、一緒になって障壁に近づき、一番近いその障壁から背伸びして露天風呂をのぞこうとした。

アンネリーゼは女の子だから、侍女に言えばその露天風呂に堂々と入ることができる。だが、こうやってクレメンスとのぞくことに特別なものを感じたし、楽しかった。

精一杯背伸びしても、アンネリーゼの背丈では上に頭は出ない。だから、隙間から向こうをのぞいた。露天風呂から湯気が立ち上っている。その中でうごめく人の姿が、ぼんやりと見えた。

思っていたよりもずっと近くに、人がいることにびっくりした。

若い侍女の薄物が肌を透かしているのが、たまらなく扇情的だった。

特にその胸元を押し上げる乳房の膨らみに、アンネリーゼは息を呑《の》んだ。自分も大きくなれば、あのような乳房を持つようになるのだろうか。

そんな憧れでいっぱいになりながら、アンネリーゼは隙間から顔を外して、横にいたクレメンスを見た。

アンネリーゼよりもずっと背が高いクレメンスは背伸びして、上から中を見ていたようだ。

彼も侍女の裸にドキドキしたのか知りたくて、アンネリーゼは無邪気にささやいた。

『おっぱい、すごいね』

『ああ。……だけど、あれは……』

大きく障壁が揺れたのは、そのときだ。

その障壁はポンプ部屋の目隠しのために、簡単に紐で結んであっただけだった。子供の体重といえども、かかれば倒れてしまうほど支えは弱かった。

『っあ！』

アンネリーゼの悲鳴に似た声と、障壁が倒れる物音に、露天風呂にいた侍女たちが一斉に振り返る気配があった。クレメンスと二人で慌てて障壁を元の位置に引き戻したが、すでに闖入者《ちんにゅうしゃ》の姿は見られていた。彼女たちがこちらに駆けつけてくる気配を察して、アンネリーゼは慌てて叫んだ。

『逃げて……！』

見つかったら大変なことになる、というクレメンスの言葉が、その瞬間、不意に理解できた。

女性の裸の魅力を認識したからだ。エロティックなこの姿が、男性にとっては禁忌なのだと、ようやく感覚でわかった。

それに、自分だったらとがめられることはない。男の子の格好をしているものの、アンネリーゼは女の子だ。

クレメンスはその言葉にためらった様子を見せたが、アンネリーゼは渾身の力で彼を背後に押し返す。それから、彼が逃げる時間を稼ぐために、障壁の前に出た。

『この子ね！』

途端に、侍女に肩を強く摑まれた。何人もの間で揉みくちゃにされ、軽く頰を張られた。

涙ぐみながら振り返ったとき、障壁の間から逃げていくクレメンスの後ろ姿が見えた。

そのことにホッとした。

服を引っ張られ、軽く小突かれ、ぶたれて、アンネリーゼは大理石の床に尻をつく。

男の子が興味本位でお風呂をのぞいたら、こんな罰を与えられるのだと、初めて知った。

同時に、自分がどれだけ男爵家の中で大切に扱われていたのかを知った。

急に怖くなって、アンネリーゼは訴えたのだ。

『女の子です！』

『嘘よ』

『だったら、服を脱がしてみる？』

面白がった侍女たちの手で、アンネリーゼの服がむしり取られていく。他人にそんなふうに、粗雑に扱われたことがなかったので、さらにじわりと涙がにじんだ。クレメンスを逃がしてよかったと、心から思った。

『本当ね。女の子だわ』

その言葉にホッとした。

すぐに無罪放免となった。

アンネリーゼは服を着直して涙を拭《ぬぐ》い、ポンプ小屋の横から逃げ出した。すでに露天風呂では、何事もなかったかのように、侍女たちがのんびりと入浴を楽しんでいた。

ぼーっとしながら、アンネリーゼはポンプ小屋から離れて、庭の小道を歩いていった。

クレメンスは無事だろうか。

そのとき、ぐいっと腕を摑まれた。

そこにいたのは、ひどく真剣な顔をしたクレメンスだった。その顔を見ただけで、彼が自分をひどく心配してくれていたことがわかった。怖いぐらいに青ざめていて、引きつった表情だったからだ。森で迷子になったアンネリーゼを母が見つけたとき、同じぐらい強《こわ》

ばった、怖いような顔をしていたのを思い出す。

『よかった。……無事だったか?』

気遣うようにクレメンスに言われた途端、目頭がジンと熱くなって、じわりと涙があふれた。

そんなアンネリーゼを見て、クレメンスは慌てて正面から抱き寄せた。

『何された? 大丈夫だった?』

クレメンスの胸に、顔が完全に埋まる。

男の人の匂いがした。

その胸の中で、アンネリーゼは泣きじゃくった。慰めようとしたのか、ますます抱きこまれていく。泣きながらアンネリーゼは不思議なときめきを感じた。密着したクレメンスの、自分との身体の違い。

女性が綺麗な身体のラインと、ふわふわの胸を持っているように、クレメンスの身体はがっちりとしていて、力強い。

男女の身体の違いを、しっかりと認識したのは、そのときが初めてだった。

彼は男性なのだと、初めて強く意識した。

クレメンスはその身体で大切そうに、アンネリーゼを抱きしめている。

クレメンスの身体はとても熱く、小刻みに震えていた。どれだけ、アンネリーゼを心配してくれていたのかが、密着しているからこそ伝わってくる。

そのときのクレメンスの抱擁《ほうよう》の強さは、彼と別れた後もアンネリーゼの全身に刻まれたままだった。

もっと成長して、恋という概念を知ってから、思い出すのはクレメンスのことばかりとなった。

恋の感情は、あの痛いぐらいの抱擁と生々しく結びついている。

――だから、初恋の人なのよ、クレメンスさまは。

報われないとわかっていても、遠くから見ることをやめられずにいた。

彼を見ると、どこか胸が苦しくなるような、過去の思い出がよみがえってくるからだ。

報われるなんて、思ってもいなかったのだけど。

〔四〕

離宮での日々は、飛ぶように過ぎていく。

アンネリーゼは測量専門の技師をオトマイアー男爵邸から呼び寄せ、露天風呂の覆いを作り直すために寸法を細かく測ってもらった。それを元に、自ら図面を引いた。それを父に送ってチェックをしてもらうかたわら、すでに確認が取れていた暖房用のお湯を通すパイプを調達し、その設置工法について職人たちと相談したり、と大忙しだ。

父は完全に、ここの補修をアンネリーゼに任せるつもりらしい。

まずは、全パイプの交換。それから、露天風呂の覆いについては、父の許可が出次第、資材の調達にかかる。さらに細かな客室の補修については、いちいち問い合わせることなく、好きなようにやってもいい、という許可が出た。

父が信頼してくれているのを感じる。

だからこそ頑張りたくて、アンネリーゼは時間を惜しんで離宮のあちこちをチェックしては、職人たちに指示を出していく。

クレメンスにはそんなアンネリーゼが新鮮に映るようで、時間があるときには、建物のあちらこちらを歩き回るアンネリーゼについて回った。

だが、彼は建築に興味があるわけではなさそうだ。

最初は何かとクレメンスが姿を見せるから、離宮の建物の構造や装飾について、あれこれと詳しく説明した。だが、クレメンスはその内容よりも、しゃべっているアンネリーゼの表情や動きなどを見ているのだと気づいた。また『水オルガン』のときと似た失敗をしてしまったようだ。

意識してしまうと、クレメンスの視線を感じるたびに、鼓動が落ち着かなくなる。クレメンスの目的が自分なのだと理解できても、それでも照れくささに耐えきれず、早口でより建築のことをまくしたててしまう自分はバカだ。

――ダメだわ……。

こんな蜜月は、そう長くは続かないとわかっているはずだった。だから、精一杯この甘いひとときを味わえばいい。そう思ってはいるのだが、何かと忙しくしてしまう。

そのうち、離宮にぽつぽつと賓客がやってくるようになり、クレメンスはその対応に忙しくなった。

――それに、何か勉強もしてるわね。

一ヶ月ほど離宮にとどまると決め、アンネリーゼにもそれが求められている。アンネリーゼは修復で忙しく、それくらいはかかると踏んでいたからいいのだが、クレメンスはその間、勉強するための、家庭教師を呼んでいた。

暇を見て外国の言葉の勉強や、貿易や法律の勉強などをしているようだ。たまにピアノや、ヴァイオリンの音色も聞こえてくる。

何でも優雅にこなせると思っていたクレメンスの、隠れた努力家の面をアンネリーゼは知る。そんなふうに努力する彼のことが、ますます好きになった。

今夜は新しくこの離宮にやってきた侯爵夫人の歓迎の宴があって、クレメンスはそこに出席した。アンネリーゼも誘われたのだが、今日中にどうしても設計図を描き起こしておきたかったので、断らざるを得なかった。

だけど、その作業も無事に終わり、翌朝早くに父に送る段取りもつけた。部屋で簡単な夕食をとってから、ガチガチになっていた首や肩をほぐすべく、露天風呂に向かう。かつては温泉療法なるものが理解できなかったし、大きな開放的なお風呂の気持ちよさも知らなかった。

だけど、今は王都で使う狭いバスタブとは違い、ふんだんな湯の中で、手足を伸ばして湯に浸《つ》かる気持ちよさが嫌というほど理解できる。

——最高だわ……。

湯の中に、一日の疲れが溶けていくようだ。

アンネリーゼがここに来て、二週間だ。

身分の高い客として今夜から侯爵夫人が滞在することになるが、今夜はアンネリーゼの貸し切りだと言われていた。温泉療養には細かな決まりがあるらしく、最初の数日は大浴場ではなく、各部屋に引かれた温泉の湯で徐々に身体を慣らしていくそうだ。

――昨日まで来ていたお客様も、今朝発たれたしね。

自分以外には誰もいない広い浴槽を独占しながら、アンネリーゼは首まで気持ちよく浸かる。

見上げれば、満天の星だ。どこをどう改築したら、この大浴場がより過ごしやすく、気持ちよくて、清潔も維持できる場所になるのか、そんなことを考えてしまう。

夜間はガス灯が、ぼんやりと四隅を照らしていた。

そこに虫が集まるのを、どう改善したらいいだろうか。明かりの配置を工夫すればいいのだろうか。そんなふうに考え始めたアンネリーゼは、近くに控えていた侍女に伝えて、ガス灯を消させた。どれくらいの明かりが必要なのか、確認してみたい。今日は自分だけだから、どんなこともできる。

代わりにランプを持ちこんで、浴槽の縁に置いてみた。それが湯の表面に反射して、ゆらゆらとぬめるような光を放つ。いくつか小さな明かりを分散させるのもよさそうだ。

――だけど、……あまり暗くするわけにもいかないわね。安全上の問題もあるし。

だが、暗くなると満天の星がより映える。

身につけた湯着が、動くたびに全身に絡みついた。薄手の布地だから、あまり煩《わずら》わしさはない。

軽く肌に触れてくる生地の感触が、クレメンスに触れられたことを思い起こさせた。彼の下に忍んでいった夜から、だいぶ経つ。

あれからクレメンスは、アンネリーゼを完全に婚約者として扱《あつか》っていた。

時折、誘うようなことも言われたが、アンネリーゼは気づかぬふりをしていた。あれはとても気持ちがよかったが、秘密を知られる危険と隣り合わせだ。

だが、今夜、侯爵夫人の歓迎の晩餐《ばんさん》に誘われたときに、『いつ、寝室に忍んできてもいいよ』と露骨に誘惑された。

クレメンスの寝室の改装工事もとっくに終了し、今日から元の寝室に戻っている。

――やっぱり、……今夜、行くべき、……かしらね。

焦《じ》らしすぎても、二人の関係を冷めさせてしまうだろう。

クレメンスとつむいだ淫《みだ》らな快感が、ことあるごとにアンネリーゼの身体を熱くさせていた。何もかも初めてで、刺激的だった。

数日後には、ヘルヴェティア連邦からレアム王女が療養のためにやってくるという話も耳にしている。いろいろ邪魔が入る前に、クレメンスとの絆をより強固なものにしておきたい。

——だけど、……やっぱり、問題があるのよね。

そのとき、アンネリーゼはふと人の声を聞いたような気がした。

声がしたほうを振り返る。この露天風呂からつながっている廊下のあたりで、何やら動きがあったようだ。

湯上がりのタオルを持って控えていた侍女が、離れのほうに下がっていく。

——あれ？　誰か、来たのかしら……？

到着したばかりの侯爵夫人や、そのおつきの侍女たちが予定を変えてやってきたのだろうか。それならそれでかまわない。

挨拶《あいさつ》しようと、アンネリーゼは浴槽の中で身構える。

そのとき、暗闇の中から、誰かが浴槽のほうに近づいてくるのが見えた。

「あ」

なかなか相手が見定められないぐらい暗いのは、自分が侍女に言って、ガス灯を消させていたせいだとふと気づく。

明かりはアンネリーゼが浴槽の縁に置いたランプ一つだけだ。暗くしてすみません、ガス灯をつけさせましょうか、と相手に伝えようとしたが、ふと違和感を持った。近づいてくる影が、女性にしては大きすぎた。

胸騒ぎがする。

「アンネリーゼ。君か？」

だが、声をかけられた途端に、ホッとした。

柔らかく響いた声は、クレメンスのものだったからだ。

彼はランプの横に立った。湯煙の中で、クレメンスの姿が浮かび上がる。彼は浴槽の中のアンネリーゼを見下ろして言った。

「ここは女性専用だと聞いていたのだが、今夜は君の貸し切りだと知って。……よければ、……僕も入ってもいいかな？」

遠慮がちに見せかけつつも、絶対に引かないという押しの強さを感じ取る。

ここまでされたら、どうぞ、と答えるしかない。

クレメンスはアンネリーゼとの裸の付き合いに餓《う》えているのだろうか。

「もちろん、どうぞ。ここのお湯はとても気持ちがいいのよ」

毎日、部屋の狭いバスタブで温泉に浸かっているクレメンスにも、手足を伸ばして入浴できる気持ちよさを味わってもらいたい。

「ありがとう」

クレメンスは服が濡れないようにベンチのところで脱ぎ、湯の中に入ってきた。

アンネリーゼは薄物を身につけているし、お湯の中にいるから、裸を直接見られるわけではない。そういう意味では、どうにかセーフだろう。明かりは最低限だから、湯の中を透かすこともない。それでも、肩から上を湯から出すことができず、少しだけランプの光から遠ざかった。

お湯の温度はかなり低い。温泉療養では、長い時間湯に浸かるのがいいとされているからだ。だいぶぽかぽかしてはきたが、まだのぼせることはないだろう。

クレメンスは隣でのびのびと手足を伸ばした。浴槽の縁に首を引っかけて少し上を向き、リラックスしているようだ。

「ああ、……いいな」

そのつぶやきに、アンネリーゼも共感する。

この露天風呂はとてもいい。クレメンスは長身だから、部屋のバスタブでは長い手足を折り曲げなければならないだろう。

「男性用も欲しい？」

女性用の立派な露天風呂があるのに、男性用がないことを、不満に思ってはいないだろうか。

そう思って尋ねてみたのだが、クレメンスは軽く肩をすくめた。

「いや。前に母から聞いた。男女ともに大きなお風呂があると、どうしても男も長く滞在するようになる。すると、女性はどうしても男性に気を遣うから、温泉療養に集中できなくなるのだと。——だから、このエースタライヒに一ヶ所ぐらいは、女性だけの療養施設があってもいいと思うよ」

「……そうかもしれないわね」

男性がいれば、その目が気になる。温泉療養が必要な病人が、身だしなみや細かな気遣いを強いられてしまっては、療養の効果が薄れるはずだ。

王妃が伝えたのは実感がこもった言葉だろうが、それをクレメンスが正しく受け止め、理解していることに、アンネリーゼは感動した。

クレメンスは次の国王候補として、高く評価されている。それには、こんな気遣いができることも含まれているのだろう。

同時に、自分の配慮が足りなかったことを恥ずかしく思った。

反省していると、クレメンスが湯の中ですすすっと近づいてくる。

「ようやく君をつかまえることができた。君は目を離すと、すぐどこかに行ってしまうからね。見つけるのが大変なんだ」

ささやかれた甘い言葉に、ドキドキする。

アンネリーゼも彼のことが恋しくてたまらない。幼いころから片思いしていた相手なのだが、再会してから身に過ぎた幸運に、どう振る舞えばいいのかわからずにいた。

「今夜は、……行くつもりだったのよ」

消え入りそうな声で言ってみる。

「そう。嬉しいな」

薄闇にクレメンスの嬉しそうな声が響いた。その手が湯を泳いで、アンネリーゼの手首をつかまえた。

それだけで鼓動が跳ね上がる。

摑まれたところからじわじわと身体の熱が上がり、のぼせそうになる。そろそろ潮時だと、アンネリーゼは考えた。

「あの、……私、これから身体を洗います。それから、クレメンスさまの部屋に参りますので」

アンネリーゼは彼にさりげなく背を向け、胸元の膨らみがランプの光に浮かび上がらないように角度に気をつけながら、湯から上がる。

露天風呂の一角に、洗い場があった。

大理石の壁で一つ一つ仕切られていたので、そこに逃げこんでしまえばクレメンスに身体の輪郭を見られることはないはずだ。そもそもひどく暗いから、大丈夫だ。その区画の一つごとに個人用の小さな浴槽があり、そこに湯が注ぎこまれていた。その湯を使って、身体を洗う仕組みだ。

その区画の一つに入りこみ、ベンチ型の椅子に座ったアンネリーゼは大きく息をついた。

侍女たちはクレメンスにどう言い含められたのか、離れに戻ったままで、こちらに来る気配がない。

自分で髪や身体を洗ったことは、長いことなかった。どうしようかと考えていると、クレメンスが仕切りの背後に立つ気配があった。

――きゃっ。マズいわ。クレメンスさま、積極的すぎる……！

洗い場は暗いのだが、クレメンスがランプを持って移動しているから、その姿がはっきりと光に浮かび上がった。クレメンスだけ照らされていればいいのだが、アンネリーゼにそのランプを向けられてはならない。光ばかりを気にしていると、クレメンスは少し離れたところに、ランプを置いた。

そこは仕切りの向こうだから、これで互いの姿はあまり見えなくなったはずだ。

仕切りと仕切りの間は両手を伸ばしても、届かないぐらいの幅がある。個別の浴槽も、椅子も、すべて大理石でできた余裕のある造りだ。

「洗うのを手伝おうか」

クレメンスはそう言って、椅子に座るアンネリーゼの背後に立った。

「洗えるの？　クレメンスさまに」

アンネリーゼは目を丸くした。麗しの王子自ら、侍女の代わりに自分の身体を洗ってくれるのだろうか。一瞬、その誘惑に心が動きかけたが、まさかそんなことはさせられない。

「できるよ。一度やってみたかったんだ。洗わせて」

クレメンスには、断らせないだけの押しの強さがある。

――え？　え？　え？　だけど、そんなの無理よ。

どうにかやんわりと断りたくて、言葉を探している間に、クレメンスはもう一つの椅子を移動させて、アンネリーゼの背後に座ったようだ。

その手が、アンネリーゼの腹部に伸びてくる。薄物越しに脇腹のあたりをなぞられながら、背後から身体を寄せられた。

「女性の身体は、本当にラインが綺麗だね。魅了される。君の身体も、とても肉が薄くて、なめらかで、気持ちがいい」

うっとりしたような声の響きだ。アンネリーゼの身体のラインはかなり直線的なのだが、薄暗いのでごまかされているのかもしれない。

胸に触れられないように必死で身体をひねると、クレメンスの手がアンネリーゼの脇腹のラインに沿って移動した。

湯着はまだ身につけたままだ。だが、クレメンスは湯着の前あわせのリボンを解いてしまう。そうすると、胸元からおへそのあたりまで露出した。

「大丈夫……です。……一人で」

クレメンスが触りたがっているのはわかるが、上擦った声で断らざるを得ない。

「そう?」

クレメンスの手が胸の下ですっと離れたが、指先がたまたま軽く胸の先を引っかけた。

それだけで、ぞくっと身体が震《ふる》えた。

「っあ!」

思わず声が漏れてしまう。

彼に先日、触れられたときの生々しい快感を、身体が急速に思い出している。

ここまでランプの光は届かない。上手にやれば、このまま胸が小さなことも知られずにすむだろうか。そんな誘惑が、頭の中に忍びこんできた。

——って、無理よ。胸にまともに触られたら、ボリュームが足りないことに、すぐ気づかれるわ……!

クレメンスの手は胸元にとどまり、また乳首に触れた。薄い布越しに、軽く円を描くようにその突起をなぞってくる。

「だったら、指一本だけ。……この指しか触れないし、……しかも、動かす場所を指定してくれれば、そこにしか触れないから、……この可愛《かわい》いでっぱりをいじるのを許してくれないかな」

クレメンスは指先で触れているのが乳首だと、しっかりとわかっているらしい。

指先はそこから離れなくなる。動きは小さなものだったが、指先を小刻みに動かされただけで、たまらない快感がじわりと全身に広がった。ひどく甘くて、やみつきになる甘い刺激だ。

「っは……」

濡れた息が漏れそうなのを堪《こら》えながら、アンネリーゼは懸命に考えた。これを許すのか、拒むべきか。寵愛《ちょうあい》が欲しくてたまらない今の段階で、断るのは間違いだとわかっている。クレメンスにお預けをくらわすのも、二週間が限界だろう。アンネリーゼの身体も、この指の刺激を欲しがって溶けている。

だけど、秘密が知られたら元も子もないのだ。

軽く指先を折り曲げて、アンネリーゼの乳首をかりかりと薄物の上から引っかきながら、クレメンスはさらにそそのかしてきた。

「君がしたくないことは、絶対にしない。君を、気持ちよくさせたいだけなんだ。だから、君の身体をどのように洗えばいいのか、命令して」

乳房全体を揉まれてはならない。その意識は強くあった。いくらここが暗闇でも、ボリュームがないことを知られてはならない。だけど、クレメンスは自分から、手の動きを制限してもいいと言っている。どこにどう触れられたら、クレメンスを楽しませ、なおかつ秘密を知られずにすむだろうか。アンネリーゼは頭が回らない状態ながらも、懸命に考える。

——とにかく、……乳首だけ、よ。……そこをいじるのが、……クレメンスは好きなようだし……。

クレメンスをできるだけ満足させたくて、アンネリーゼは上擦った声で言った。

「指は、……そこから離さないでください。上下とか、……左右には、……ちょっとだけ動かすのは、いいですけど」

「わかったよ。君はそんなにも、乳首が好きなんだね」

何やら誤解があるような気がしたが、この際、仕方がない。くすっと笑ったクレメンスは、愛《いと》おしむように軽く指先で乳首を弾いた。そんな新たな刺激にも、甘いうめきが漏れそうになる。

「だったら、ここしか触らないと約束する。君は手を軽く頭に乗せて、触りやすくして」

——それは、……ダメよ。

胸元が無防備になってしまう。

だけど、クレメンスの言葉に操られたように、アンネリーゼは両手を上げて頭に添えていた。

背中をクレメンスに支えられ、軽くのけぞるような格好になる。こんな姿はダメだ。のけぞると、胸のボリュームがないのが露《あらわ》になる。クレメンスがいきなりその手を開いて胸元をなぞり上げたら、それだけですべてが終わる。なのにピンポイントで乳首ばかり弾かれていると、彼の指示に従うことしかできない。

アンネリーゼの右の乳首を擦り上げながら、その耳元で、背後からクレメンスが言ってきた。

「乳首あて、してみてもいい？」

「ちくび……あて？」

「そう。乳首あて。今、僕が触れているのは、右の乳首だけだろ。もう片方の乳首がある場所を、指先一本だけで的中させるんだ。一回ついただけで見事に当てることができたら、そちら側もいじってもいいかな」

そんなろくでもないゲームに乗ることなどできない。

だが、乳首の位置を探り当てられるかもしれないと考えただけで、触れられていない左の乳首がぞくっと甘く疼《うず》いた。薄布を押し上げて、そこは固く尖《とが》っている。

もしも違うところに触れられても、たわわな胸がないことを知られないように、アンネリーゼは懇願した。

「一回……だけよ。……それで、……外れだったら、……もう……っ」

「わかった。一回だけ、ね」

自信があるのか、クレメンスはすぐにその条件を呑《の》んだ。

アンネリーゼは両手を頭に乗せたまま、左側の乳首に思わぬ刺激が加えられるのに備えて、ぎゅっと目を閉じた。

輪郭がどうにかわかるぐらいの暗闇だ。アンネリーゼは特にランプがある側に背を向けているから、胸元は暗くて何も見えないはずだ。

だが、クレメンスが右側の乳首をくりくりとなぶる指の動きはそのままに、もう片方の手で狙いを定めているのがわかった。

「ここ、かな」

ささやきと同時に、左の乳首を正確にクレメンスの指が押しつぶす。疼いていた部分に強烈に走った衝撃に、ビクンと身体が跳ね上がった。

「っあ、……ぁあ……っ」

過敏になりすぎているからなのか、そのままくりくりっと指先で突起を転がされただけでも、悲鳴を上げてしまいそうな甘い刺激が身体中を貫いた。

両方の乳首を指先でたっぷりと転がしながら、クレメンスが言ってきた。

「つまんでもいい？」

そのころには、アンネリーゼは乳首への刺激に取り憑《つ》かれていた。気持ちよすぎるが、危険だからもう終わらせてほしい。そう願っているというのに、ますます尖って過敏さを増していく乳首は、貪欲に刺激を欲しがっている。

指先で転がすだけではなく、つままれたらどれだけ気持ちいいのかを想像しただけで、うなずかずにはいられない。

「い、……いい、……わ……」

途端に両乳首を、薄布の上からきゅっとつまみ上げられた。指の間で圧迫されて、くりくりと転がされると、欲しかったのはこの刺激なのだと、身体が叫ぶ。

「っぁ、……っあ、……は……っ」

なおもクレメンスの指は、その二点にとどまっていた。小さな二つの突起をつまみ上げては指の間で転がして、ひたすら甘い刺激を与え続けてくる。

「直接、触りたい。……ダメかな」

背後から耳元に唇を寄せて、ねだられた。

薄布越しの刺激がもどかしいのは、アンネリーゼも一緒だった。

「……待って……」

クレメンスの指に余計なところを触られないために、アンネリーゼは頭から手を離して自ら湯着を左右に開いた。

胸元をさらけ出すと、クレメンスの指が乳首を探り、すぐさまきゅっと絞り上げる。直接のたまらない快感に、アンネリーゼは思わず息を呑んだ。

「……ぁ、……揉んでは、……ダメ、……よ…っ」

乳首以外に触れられて、秘密を知られることがとても怖かった。

「わかった。君は、本当に乳首が好きなんだね」

ささやいた後で、クレメンスは『僕もなんだ』と秘密を共有するような声で言った。

クレメンスはその言葉通り、乳房全体を揉むようなことはせず、乳首だけを集中的になぶってくる。

「ここ、洗ってあげるね」

そんな言葉とともに、クレメンスの指の動きがさらになめらかになった。指先にソープを絡めたらしい。それを指先でくりくりと塗りこまれると、腰まで痺《しび》れてくる。

硬くなった乳首から指は離れず、その尖った形をなぞられたり、弾くような動きを交えられた。

その気持ちよさに、思わず息が漏れた。

「は……」

そんなアンネリーゼの身体を背後から抱き寄せ、クレメンスが腹のあたりに指を這《は》わせた。

「下も、……触っていい？」

声にはしっとりとした艶《つや》があり、頭を麻痺《まひ》させて、従わせるような力を秘めていた。

——下？

触りたいというのは、下肢のこのむずむずしてたまらない花弁《かべん》のあたりだろうか。そこが、大切な役割を果たすと母から聞いている。殿下にそこを触られるようなことがあったら、最初は怖いでしょうが、すべてを預けてしまいなさい、と。

――ここね？　このまま、すべてを……。

怖くはあったが、胸に触れられているよりも、秘密は守られる気がする。

「……はい」

消え入りそうな声で、承諾するしかなかった。それ以外の選択肢を、母に教えられていないからだ。

その答えを聞いて、クレメンスが愛しげに背後からアンネリーゼの頰に頰を寄せた。

「ありがとう。君はただ力を抜いて、僕に任せて」

クレメンスはアンネリーゼを背後から抱く格好は崩さないまま、片方の手だけを足の間へと伸ばしていく。

「ここも、洗ってもいいかな？」

優しく尋ねられた。

恥ずかしいから断りたかったが、片方だけ胸元に残された手で、うながすように乳首をくりくりといじられると、快感に押し流されてうなずいてしまう。

軽く足は開いていた。その足の間に手を忍びこまされ、熱い花弁をそっと指先でなぞられると、甘ったるい快感が弾けた。

「っあ！」

信じられないような生々しい快感に驚いて、その手から逃れようと身体が動きかけた。だが、ますます奥のほうに指を忍びこませながら、クレメンスがささやく。

「大丈夫。怖くない。力を抜いて」

その言葉のままに、アンネリーゼは力を抜こうとした。相手がクレメンスでなく、母の言葉もなかったら、すぐに逃げ出したいと思うほどの混乱がある。

――だけど、身体がすごく熱いわ。

アンネリーゼのそこはしっとりと濡れそぼって、刺激を欲しがっていた。

クレメンスの指が花弁を下から上へとなぞり上げる。指が動くたびに、腰を溶かすような甘ったるい快感が次々と広がっていく。

「あ、……ぁ、……あ、……あ……あ」

指の動きに合わせて、自然と声が漏れた。

指がぬめっているように感じられるのは、彼の指にまぶされているソープのせいだろうか。そんなところを洗われるなんて、恥ずかしくてたまらない。ことさら濃密なソープの泡を塗りつけるように指を動かされると、かすかな動きだけでも、どうにかなりそうなぐらいの快感が生まれ、びくびく震えてしまう。

「っ、ぁ、……っぁ、あ……あ……っ」

指の動きに合わせて、快感が次々と身体の芯まで駆け抜けた。そこから何かがあふれ出しているようにも感じられる。指がぬめっているのは、ソープのせいだけではないのではないのだろうか。

「つぁ、……あ、あ……あ……っ」

漏れる声は、自分のものとは思えないぐらいに甘かった。

「ここ、気持ちいい？　嫌ではない？」

確かめるように、クレメンスが指の動きを止めて聞いてくる。クレメンスの片方の手は下肢に伸びていたが、もう片方の手は乳首をとらえ、不規則な刺激をなおも送りこんでくる。

消え入りそうな声で、アンネリーゼは小さく言った。

「嫌では、……ないわ」

クレメンスのことが、大好きだ。彼にされるのなら、どんな行為も許容できる。

アンネリーゼの返事に、クレメンスはホッとしたように息を吐き出した。

ようやく指を離し、少し伸び上がって浴槽から手桶でお湯を汲《く》むと、アンネリーゼの足の間に細く流す。

クレメンスの指先で花弁を開かれ、それから湯が直接あたった感触があって、アンネリーゼは震えた。

「っあ！　……だめ、……あっ、……あ、……あ……っ！」

胸元に残っていたソープの泡も、手桶の湯で洗い流される。大理石のベンチにも湯を流された。その後で湯着を脱がされて、綺麗になったベンチの上に、仰向《あおむ》けに寝かされた。

頭の下にはタオルを敷かれていた。こんなふうに寝かされていると、まるで自分が解体される前の魚にでもなったような気持ちになる。

次に何をされるのかわからないまま、じんじんと花弁に残った快感の名残を感じていると、クレメンスがアンネリーゼの足の間に身体を割りこませてきた。

膝をぐっと開かれて、左右それぞれクレメンスの肩に抱えこまれるという格好にアンネリーゼは焦《あせ》る。だが、足を抱えこまれてしまうと、自分からは起き上がることもできない。

「次に、……進むよ……っ」

「は、……はい……っ」

すでに、身体を隠すものは何もない。

焦っていると、大きく開かれた足の間に刺激がきた。

「っあ！」

びくんと腰が跳ね上がる。何が起きたのかと仰天《ぎょうてん》していたが、クレメンスの顔がアンネリーゼの足の間に埋まり、弾力のある舌先で花弁をなぞられているのだと理解した。

温かくてぬめぬめとした舌の感触は独特で、ただ舐《な》められているだけで、太腿がびくびくと震えてしまう。

「あ、……クレメンス、……さま……っ」

ずっと崇拝してきた彼の整った顔が、自分のその部分に埋まっている。あまりの恐れ多さに身体がすくみ上がる。

必死になって逃げようとしたが、クレメンスの舌はためらいなくそこでうごめき続けた。

「あ、……っんぁ、……はぁ、……は、……は……っ」

気が遠くなるような、淫らで濃密な刺激だった。

そんな中でびくんとまた腰が動いたのは、突然、鋭い刺激が身体を貫いたからだ。驚きに、悲鳴のような声が上がった。何かを抑える余裕もなかった。

「っ！　きゃっ！」

「ここ、痛い？」

くぐもった声で尋ねられたが、クレメンスの舌がそのひどく感じるところに触れ続けているおかげで、彼がしゃべるたびに生々しい刺激が走り抜ける。

まともに返事ができないほどだった。そんな状態だと知ったのか、クレメンスの舌が確認するように、同じところをなぞっていく。

ぬるり、とさらに舌が動いたことで、感じているのは自分の花弁の上のほうにある芽のような突起であり、そこに信じられないほど鋭い感覚が秘められているのだと、認識させられた。舌がうごめくたびに、甘い衝撃とともに身体が勝手に反応する。

「っあぁ！」

――何なの……？

甘すぎる快感が、衝撃が抜けた後も、開かれた足の間でわだかまっていた。腰から力が一気に抜けて、足がだらしなく開いている。

さらにクレメンスの舌が近づき、先ほどよりも慎重に転がされた。

「っん！　……は！　……っぁ、あ、ああ……！」

舌でそこを転がされるのは、あまりにも甘美な快感だった。舌が触れている間は頭が真っ白になり、ぞくぞくと流しこまれる快感に身を委ねることしかできない。

「んん、……は、……は、……は、……ん……っ」

クレメンスはアンネリーゼにその突起の快感を教えこむように、たっぷりとそこを舐め続けた。それから、舌を花弁の隅々まで移動させていく。指でなぞられるだけでもぞくぞくとした快感を送りこんできたその場所は、舌の刺激にもやたらと反応してしまい、ますます快感を募らせる。

気持ちよさに身体の力が完全に抜けたとき、不意に何か固いものが、身体にぐっと押しこまれた。そのことにひどく驚いて、身体が跳ね上がる。

「っひあっ！　……っきゃ……っ！」

反射的にぎゅっと締めつけたことで、中に押しこまれたのはクレメンスの指だとわかった。体内に指があるという存在感は独特で、力が抜けない。

だが、そのとき、感じる突起の上でまた舌がうごめいた。そこからの甘い刺激に合わせて、ひく、ひく、と身体が勝手に指を締めつけたり、緩めたりするのがわかる。

それでも、体内に他人の指が入っていることがなかなか受け入れられない。

たった一本の指が、アンネリーゼの身体の輪郭を鮮明なものにさせ、動けなくさせる。自分の体内がこんなにも絶え間なくうごめいていることも、指によって意識させられた。

指先はアンネリーゼの中で動かされることはなかったが、なおも突起は柔らかく舌先で転がされ続ける。

「っぁ、……んぁ、……あ――――！」

きゅっと指を締めつけるたびに、粘膜からじぃんと快感が広がった。

そんな慣れない快感に、アンネリーゼはただ狼狽《ろうばい》するしかない。

そのとき、指がゆっくりと動き始めた。抜かれるときのぞくぞくする快感はもとより、入ってくるときの甘ったるさも独特すぎて、腰がむずむずと落ち着かない。

どう力を入れていいのか、抜いていいのかもわからずに、混乱しきってじわりと涙がにじんだ。その表情を見たのか、そのとき、クレメンスが言ってくる。

「大丈夫だから。……力を抜いて。気持ちがいい感覚だけを、追ってみて」

蕩《とろ》けるような甘い声だ。

身体の感覚ばかりにとらわれかけていたアンネリーゼは、目を開けて自分の上にいるクレメンスを見た。

自分にこの初めての感覚を送りこんでくるのは、ずっと憧れていたクレメンスなのだ。

——だい、……じょうぶよ。

アンネリーゼは自分に呼びかける。

すべては彼によって行われているのだ。怯《おび》えることなく、身体を託せばいい。

そう思って、アンネリーゼはまた目を閉じた。

大切なものを清めるような、優しい舌づかいを感じる。それに、ゆっくりと指を抜き差しする動きが交じった。じわじわと粘膜を開かれるのに合わせて、身体の奥から次々と甘ったるい感覚が湧き上がる。

「つぁ、……は、ぁ、あ……」

胸への刺激は中断されていたが、そのことにホッとした。

アンネリーゼは両手をそっと胸元にあてがい、空を向いた。大きく開かされた足の間に、感覚を集中させる。

感じやすい突起を舐め溶かされ、指をゆっくりと動かされている間に、腰を包みこむような重たい感覚が、いつの間にか生まれている。

だんだんとその感覚が強くなるにつれて、太腿に不規則な痙攣《けいれん》が走るようになった。

「はぁ、……は、……は……っ」

ひくひくと、中が収縮し始める。それはイク前兆だと前回のことから察していたから、またああなってしまうのが恥ずかしくて、どうにかそれを止めようとした。

だけど次の瞬間、感じる突起を強く吸われたのだから、たまらない。

「っぁ、……ぁあああああ……っ！」

身体の中で、快感の塊《かたまり》が爆発する。

腰から広がる熱に全身が包みこまれ、ガクガクとのけぞって震えた。

「ああっ！　あっ、あ」

その強い刺激に、まだまだアンネリーゼは慣れない。

身体を満たす快感の余韻にぼうっとしながら、涙目で、乱れきった息を整えるしかなかった。


指がぬるっと、体内から抜けていく。

膝を立て、放埒《ほうらつ》に足を開いたままの格好でいるのが恥ずかしくて、アンネリーゼは身体を起こそうとしていた。

「待って」

だが、そんなアンネリーゼの膝を抱えこんで、クレメンスが制止する。

とても暗いから、クレメンスの表情まではわからない。感じ取れるのは、彼の声に含まれた感情だけだ。これから何かが始まることを予感して、アンネリーゼは尋ねてみる。

「これから、まだ続きをするの？」

正常位はダメだと侍女に言われたことが、頭の中にあった。今は仰向けで胸は平らになっている。この体位は危険なはずだ。

いきなり胸に触られることがないように、自分の両手で胸元をガードし直した。

「続けたら、ダメだろうか」

クレメンスはかすれた声で尋ねてくる。抑えきれない興奮を内包した声の響きだ。どこか苦痛を堪えているようにも聞こえて、アンネリーゼはぞくりとする。

彼が苦しいのなら、楽にしてあげたいと思った。

——でも、……どうやって？　……何をすればいいの？

その理由が、アンネリーゼにはわからない。だけど、思いを巡らせてみたとき、先ほど快感が爆発する寸前に、何か切羽詰《せっぱつ》まったような、切ないような苦しさがあったことを思い出した。

——あんな、……感じ?

よくわからない。それでも、クレメンスへの気持ちはますます強くなっていくばかりだ。

「クレメンスさまの、お好きなように」

胸元に両腕を添えているせいもあるのか、何だか身を捧げているような気分になる。

「ありがとう」

そんな言葉とともに、クレメンスは抱えこんだアンネリーゼの膝に、うやうやしく唇を押し当てた。

それから足をぐっと抱えこまれ、先ほど舐められた足の奥に、何か熱くて硬いものが押しつけられた。

それが何だかわからなくて、すくみ上がる。そこに指を一本入れられただけでも、たまらない違和感があったのだ。それも入れられそうな気がして腰が逃げそうになったが、すぐに押しこまれることはなく、花弁にぬるぬると擦りつけられる。

その独特の感触に、アンネリーゼの身体はひくりと震えた。今、イったばかりの襞が大きく収縮するのと同時に、イクのに似た甘い感覚が身体を突き抜ける。そこを刺激され続けるのは、マズい。

「っあ」

さらに、あふれ出す蜜をまぶすように先端を擦りつけられると、それだけで息が上がっていく。指でなぞられたり、舐められたりするのとは違うが、その弾力も硬さもちょうどよくて、中の痙攣が止まらなくなりそうだった。

「待っ、……て」

そんなふうに言ったのは、イクときの重苦しい快感が腰を包みこみそうになっていたからだ。このままその大きなものでなぶられ続けたら、また全身がビクンと弾けてしまうのではないだろうか。

もう少し落ち着くまで、刺激するのを止めてほしい。

「ごめん。待てない」

だが、そんなふうに上擦った声で言われた。その直後に、とんでもない質量で、ぐぐっと身体を押し開かれた。

「っぁ、あああ……！」

侵入物を拒むために、また反射的に腰が逃げそうになる。だが、がっちりと太腿を抱えこまれていたから、身体を起こすこともできない。さらに深く押しこまれて、初めての挿入を味わわされる。

「や、……っぁあ……っ、あ、……っや、……なに……」

「大丈夫だから。……落ち着いて」

クレメンスの声が遠くに聞こえた。だけど、切羽詰まった彼の息づかいが不意に聞こえて、過剰に入っていた身体の力が少し抜けた。だが、息を吐いても吸っても、体内に食いこんでいる大きなものの質感は軽減しない。じんじんと、そこから身体が灼《や》けていく。

そのことで、ようやく実感した。

――つながってるわ、クレメンスさまと。

これが、母が言っていた男女の営みなのだろうか。

最初はその大きさと熱さに耐えきれないと思ったが、それでもゆっくりと呼吸するたびに、少しずつ身体が落ち着いていくのがわかる。

――クレメンスさまのが、……中に、……入ってる……。

体内に食いこんだものは硬くて大きくて、いくら締めつけてもびくともしない。密着した粘膜が、チリチリと灼かれているようだ。その熱が疼きとなって、襞を奥のほうまで溶かしていく。

「は……」

だんだんと力が抜けたのか、またずずっと入りこまれた。長い時間をかけて、根元まで貫かれる。強い痛みはなかったが、それでもいつ引き裂かれるのかわからない恐怖と違和感があって、抜いてほしいと哀願しようとした。

そのとき聞こえたのが、うめくようなクレメンスの声だ。

「気持ち、……いい」

その声が、魔法のようにアンネリーゼに作用した。ぞくぞくと、身体の奥のほうが震えて痺れる。こんなふうにつながったことで、クレメンスは快感を覚えているのだろうか。だとしたら、耐えられる。

そこがどう気持ちいいのかと、探るように意識を向けたことで、つながっている部分を強く意識した。

熱くてきつくて、逃げ出したいような違和感がすごい。だが、これがクレメンスにとって快感なのだとしたら。

——痛い、……けど……。

アンネリーゼの上で動きを止めたクレメンスの、押し殺した息づかいが聞こえてくる。

「大丈夫?」

自分がアンネリーゼを傷つけたことに怯えているような、気遣いを感じさせる声だった。だから、じわじわと痛みが薄れていくのを感じながら、アンネリーゼは答えることができた。

「……だい……じょうぶ、よ……」

どくどくと、鼓動がひどく鳴り響いている。胸元をかばうために腕を押し当てていたから、その鼓動をことさら感じ取る。

じわりと目尻に涙が浮かんでいたが、ただ入っているだけなら痛くはない。

「無理は、しなくていいから」

動きを止めたまま、クレメンスは上擦った声で言ってくれた。

「君の初めてをもらった。……君は、僕の妻になるんだ」

求婚の言葉が、じわりと胸にしみこんだ。

――クレメンスさまの、……妻に……。

そんな奇跡が起きるなんて、考えてもみなかった。憧れてはいたものの、クレメンスは雲の上の人で、舞踏会でまともに視線を合わせてもらうことすらかなわなかったのに。

――なのに、……クレメンスさまと、……こうして、……つながっている……。

まだ中に灼けつくような感覚が残っていたが、この感覚が何かに変化していくような予感もあった、母も、痛いのは最初だけだと言っていたはずだ。

「ありがとう……ございます。……クレメンスさま」

震える声を押し出す。

しゃべるだけでも、身体のあちらこちらに力が入ることを思い知らされる。それが、つながった部分まで響く。

クレメンスは上体をアンネリーゼのほうに倒してきた。

接合部の角度が変わり、それに気を取られているうちに唇を覆われた。胸元は腕でガードしていたから触れることはなかったが、この腕をほどいてクレメンスと抱き合いたいと、心の奥底では願っていた。

――だけど、……無理。

こんな体勢でクレメンスと抱き合ったら、胸元に必要なボリュームがないことを知られてしまう。

舌が絡み、そこから全身が溶けていくような感覚があった。

「あ……っんぁ……」

入れられた当初は、じんじんと痺れるような感覚ばかりだったのだが、だんだんとその大きさに慣れるにつれて、甘い不思議な感覚に変化しつつある。

締めつける襞の動きを感じ取るのか、クレメンスが様子を探るかのように軽く動かした。

「っあ、……っは……っ」

そっとした動きなら、痛みはない。

何だか息が詰まるような、奇妙な感覚があった。その正体を知りたくて、何度目かに動かされたときに、アンネリーゼはたまらずに口走っていた。

「……動か……して……も、……大丈夫、……です」

何かに変化していく途中のようなこの感覚を、はっきりさせておきたい。

「わかった。……痛かったら、いつでも止めるから」

クレメンスがその言葉を受けて、慎重に動き始めた。

ゆっくりとした動きではあったが、それが引かれては戻ってくるたびに、襞全体が刺激される。

「つぁああ……っ、あ、あ……っ」

かすかな痛みがあった。それでも、痛みを上回る何かがそこには潜《ひそ》んでいる。

アンネリーゼは初めての体験に戸惑いながらも、ひたすら頭を真っ白にして、与えられる感覚を受け止めようとしていた。

何もかも夢のようで、現実感がなかった。それでも体内に入ってくるクレメンスの熱杭《ねっくい》の感触だけは確かで、その動きをひたすら全感覚で追いかけることしかできない。

痛くない、痛くないはず、と自分に言い聞かせていると、だんだんと感覚が変化してきた。

「つぁ、……はぁ、……あ、……んぁ、あ、……んぁああ……ん……っ」

クレメンスの切っ先がぬるっと中に入ってくる感覚が、甘ったるさを刺激するようになる。

感覚のない奥の部分まで初めて異物を受け入れた襞全体が甘く溶けて、それをクレメンスの硬いものでかき回されるのが気持ちよかった。

「つぁ、あ、あ、あ」

何が何だかわからないうちに、あの重苦しい感覚が腰を満たしてくる。こうなったら、あとはただイクことしか考えられない。

気がつけば意識が灼ききれて、ただクレメンスに揺さぶられるだけになっていた。

「っは、……は、……は」

気持ちがいい。すでに痛みとか、違和感はどこかに飛んで、クレメンスの熱いものが入ってくるたびに、全身に広がっていく快感を享受《きょうじゅ》することに集中していた。

じわじわと目尻を濡らす涙は、大好きなクレメンスとこうしてつながれた幸福感があまりにも大きかったからだ。

だが、この幸福が破滅と紙一重のものであることも理解していた。

――秘密を知られたら、……全部終わる……。

それでも、今は何も考えられない。胸元をガードする手はこんなに揺さぶられていても外せなかったが、それでもクレメンスの熱杭がもたらす感覚を、彼の愛情のように受け止める。

「は、……は、……は……っ」

また、めくるめく次の絶頂へと追い上げられた。

息を整えている最中に、キスされたのはわかっている。

「大好きだよ、アンネリーゼ。……僕の理想」

そんな言葉が遠く聞こえた。

――僕の理想……？

その言葉に反応しようとしたが、すでにクタクタになっていて、ひどくまぶたが重い。

意識も途切れる寸前だ。

――ちゃんと手は、……胸をガードしてる？

不安に思ったが、それすら把握できないぐらい、身体の感覚がぼやけていた。

そんな中で、胸の頂《いただき》に、うやうやしくキスされたようなクレメンスの唇の熱さを感じる。

その感触にぞくりと甘く痺れるのと同時に、恐怖を覚えた。

――そこ、……触れられてる……？

乳首だけではなく、乳房にも触れられたり、キスされるようなことはないだろうか。

だけど、ちゅっと乳首を吸い上げられ、そこの感触だけが深く感覚に刻まれたまま、意識は眠りの中に落ちていく――。

〔五〕

今の自分ほど人生薔薇《ばら》色、という言葉が、当てはまるものはない。

それくらい、クレメンスは上機嫌だった。

何せ、ずっと欲しかったものを手に入れたのだ。このまま宮殿には戻らず、ずっとこの離宮で、愛《いと》しい相手と二人きりで過ごしたいと願うくらいだ。

だが、その蜜月気分を邪魔するように、クレメンスには王太子としての責務が山のように降ってきた。

今日、宮殿から届いた、父である国王からの命令には、数日前に離宮からほど近い所領の領主が亡くなったので、その地に赴《おもむ》くように、とあった。そこの世継ぎに、国王への忠誠を誓わせる文書にサインさせる必要があるらしい。

面倒だな、とちらっとだけ考えた。

何せその所領まで、馬で一日以上かかる。昨夜、アンネリーゼと結ばれたばかりなのだ。この大切な時期を一緒に過ごして、愛をより深いものに結実させたい。遠くになど行っていられない。

だが、その所領は独立の意志が強く、早々にその世継ぎの意向を確認しておかなければならないことを、理解していた。

いち早く世継ぎと顔を合わせ、エースタライヒ王国の威光にひれ伏させ、決して国王には逆らわないように釘を刺しておく必要があるだろう。

それは今の国王のためだけではなく、今後、このエースタライヒ王国を治めることとなるクレメンスにとっても、大切なことだとわかっていた。

「すぐに行く。馬の準備を！」

鋭く、クレメンスはその文書を持ってきた侍従に命じた。

急な命令だったので、アンネリーゼのご機嫌うかがいもできず、朝早くから供を従えて出立し、その所領を目指すこととなったのだ。

道中は野営することにして、可能な限り速く移動した。その甲斐《かい》あって、葬儀の前に世継ぎと顔を合わせることができたが、彼は思っていたよりもずっとひ弱そうな若い男だった。

——何だ？　反乱の意図があるというのは、単なる噂《うわさ》か？

そんなふうに思いながらも、何なく国王への服従を誓わせ、文書にもサインさせた。次回、国王が招集した会議のときには、必ず出席することを約束させて、クレメンスは一夜城に滞在しただけで、その所領から引き返す。

もう一晩ぐらい泊まって世継ぎの性格を見極めたくもあったが、何かと自分につきまとってくるその世継ぎの妹の態度に、煩《わずら》わしいものを感じてもいたからだ。

――このままでは、夜這《よば》いをかけられる。

その手の勘は鍛えられている。アンネリーゼと結ばれるまで、幾多の危機を乗り越えてきた。

いくらその妹が美人であり、その身体つきも一般的には魅力的なものであったとしても、クレメンスの心はまるで動かない。

何より、クレメンスの心を急かしていたのは、アンネリーゼの面影だ。早く、再会したい。契《ちぎ》ったばかりの彼女は、今、どうしているだろうか。クレメンスがアンネリーゼのことを考えているぐらい、自分のことを考えてくれているだろうか。

――そうだといいが。

彼女のことを考えただけで、胸が甘く痺《しび》れる。

初めて体験した女性の体内の熱さと、濡れた色っぽい吐息がよみがえる。彼女との体験は最高だったが、気持ちが急ぎすぎた。

初めての体験をあのように風呂でさせたなんて、ひどすぎたのではないだろうか。

次は柔らかなベッドで、彼女を抱きたい。花を一面に敷き詰め、その芳香の中で彼女のほっそりとした身体を思う存分抱きしめたい。もういやだと言うほど、気持ちよさでいっぱいにしてあげたい。

馬を走らせながら、クレメンスは彼女のことばかり考える。

エースタライヒ王国の世継ぎの王子であったから、クレメンスは年頃になった途端に、数えきれないほどの女性からの誘いを受けていた。

既成事実を作ってしまえとばかりに、女性側から夜這いされたことも一度や二度ではない。

だが、クレメンスはそれらの危機を切り抜けてきた。

なぜなら、クレメンスには明確な好みがあったからだ。十六歳のときに目覚めた性癖がある。だが、その好みの身体を持つ女性をエースタライヒでは見つけることができずにいた。一人も発見することができなかったからこそ、別の大陸にまで足をのばすしかないかとまで思い詰めていたのだ。

その大陸にならば、クレメンスの好みの身体つきの女性が大勢いると、商人を始め、諸国外遊をしてきた者から聞いていた。

――だけど、こんなにも近くにいたんだ、好みの娘が。

先日の城での音楽会のとき、クレメンスは理想の相手を見つけた。

しかも、特別な出会い方でだ。普通の出会い方をしていたら、きっと気づかないままでいただろう。

――だけど、……僕は宝物を見つけた。そのきっかけとなった品を、お守りのようにずっと持っている……。

今でも、クレメンスの上着のポケットにはそれがしまわれていた。アンネリーゼのことを思うときには、それを握りしめる。柔らかで、ふわっと指を押し返してくる弾力のもの。あの日、クレメンスが地面から拾い上げた、夢が詰まった綿の袋。

――早く、アンネリーゼに会いたいな。

自分が二十六になるまで独身だったのは、彼女と出会うためだったのだと思えてならない。

早く彼女と結婚したかった。彼女のすべてを自分のものにしたい。その身体の隅々まで、余すことなく味わいたい。結婚したら、彼女も安心してすべてを預けてくれることだろう。まだ触れることを許されていない部分まで存分に触れることができたならば、感動のあまり気が遠くなってしまうかもしれない。

想像しただけで、脳が灼《や》けてくる。

その身体だけでも、結婚するには十分な理由になった。それでも、あまりにも性格が合わなかったら、そう容易く離婚はできないからこそやっかいなことになる。

特に自分の結婚相手ならば、いずれはこの国の王妃となる立場だ。国の混乱の種とならないかどうか見定めるためにも、まずはこの離宮での顔合わせが必要だっだ。

だが、彼女のことを知れば知るほど、ますます好きになる。アンネリーゼのすべてが好みだ。クレメンスの顔を見るたびに、パチパチとまぶしそうに瞬きをするところまで。

——特に好きなのは、あの風変わりなところかな。建築に夢中で、とても熱中しているところ。住環境を変えようと、提案してくれたところも。

立派な外観の建物ではあっても、不自由なところで暮らすのが、クレメンスにとっては日常だった。

寒かろうが、虫が入ってこようが、暑くて死にそうになろうが、ひたすら我慢して何でもないふりをしてやり過ごすのが、その立場にふさわしい務めだと思っていた。

だがアンネリーゼは、それらを改善すればいいと提案してきた。

それには、ガツンと頭を殴られたような気がした。

——そうか。……我慢しなくてもいいんだ。

幼いころ、氷の張る部屋で、凍えそうになって泣いていた自分を思い出す。そんな自分を心の中でよしよしと慰めるのと同時に、アンネリーゼの助けを借りて、住み心地の好さを追求したくなった。

——そうか。物事は変えられる。

彼女を妻に娶《めと》りたい。彼女と一緒にいれば、きっと国もよりよい方向へと変革することができるはずだ。宮廷のあちこちにはびこるろくでもない旧弊がずっと気になっていたからこそ、彼女の存在がそれを変える勇気を与えてくれるような気がした。

——だって、……住環境を改善しようと提案されただけで、……こんなにも、やる気になれる。

賄賂《わいろ》や汚職がはびこる貴族制度や、金儲けしか考えていない国教会。それらがずっと気になっていたものの、あらためることができずにいた。だが、近いうちに問題点をまとめて、父に相談を持ちかける気にもなっている。

それは今後のクレメンスの治政を安定させるだけではなく、民のためにもなるはずだ。

——こんなふうに思えたのも、彼女のおかげだ。

現状に不満があるのならば、よりよくする方法を考えればいい。そんなふうに、アンネリーゼは教えてくれた。

彼女のことを考えるほどに、早く会いたくて馬を急かしてしまう。

契ってすぐに出かけてしまったから、寂《さび》しい思いをさせていないだろうか。身体に、差し障りはないだろうか。

峠《とうげ》を越えると、山々の向こうに離宮の尖塔《せんとう》が見えてきた。威風堂々とした、立派な建物だ。アンネリーゼがこの離宮の構造について、詳しく熱っぽく語ってくれたことが思い出される。

クレメンスはその内容よりも、アンネリーゼの表情のほうに意識を奪われていた。

何かに夢中になっている人は綺麗《きれい》だ。目がキラキラしていて、声からも熱っぽさが感じられる。あんなふうに意欲にあふれた令嬢は初めてだった。

しかし、ちゃんと内容も聞いている。

それはエースタライヒ王国が誇る。当世一の建物だ。アンネリーゼの父親が設計し、十年前から母が足繁く通っている、最高の温泉施設を兼ねた離宮——。

婚約話を進める前に、アンネリーゼについての情報も集めた。

幼いころに日時計を設置した、天才少女。今は父の助手として、あちらこちらの建築現場に足を運び、職人たちに指示まで出しているらしい。

一癖も二癖もある職人たちが女性の指示に従うとは思えなかったが、アンネリーゼ本人を知ったならばそれも納得できる。

——何せ、あの熱意で口説かれるんだ。……いいものを造りたくなる。

完成した建築物を空中にくっきりと思い描いているような、夢見る瞳。なのに、彼女が駆使する算術や幾何学《きかがく》の計算には、一切の狂いがないそうだ。

現場で指示を出しているところに居合わせたこともあったが、ひどく具体的に、容赦なく内容を詰めていた。あれなら、女性だからと見くびられることもないだろう。

——知識の量が、何よりすごい。しかもそれが、十九歳の女性だというのだから。

彼女は今後、どんなことをしでかすだろうか。それを間近で見守りたくなる。

遠く離宮に視線を向けながら、クレメンスはさらに馬を急かして、お供の兵とともに山道を駆け下りた。


どうにか、日が暮れないうちに離宮に戻ったクレメンスは、旅装を解くなり、すぐにアンネリーゼを探した。

まずはその部屋に向かったが、アンネリーゼは不在だ。侍女に聞いてみたところ、離宮内にはいるはずだが、どこかに出かけているという。

――どこか、ね。

誰にも場所が把握できない理由は、クレメンスにもわかる。アンネリーゼはこの離宮のあらゆるところを歩き回り、じっとしていないからだ。補修が必要な箇所を見つけ出しては、その寸法を測ったり、図面にあれこれ書きこみをしている。

アンネリーゼがいそうなところを歩き回った末に、クレメンスはようやくその姿を広い庭の片隅で見つけた。

彼女がよく立っているところだ。

そこから、離宮全体がよく見渡せるらしい。

大きな木の陰に立って、双眼鏡を目に当てている。双眼鏡は、離宮の屋根のあたりに向けられていた。

彼女はいつもと違う姿をしていた。クレメンスと顔を合わせるときには、ずっとドレス姿で隙なく装っていたのだが、今日のアンネリーゼは、膝までの上着にズボンといった軽装だった。

男ものの服なのは、動きやすさを重視したためだろう。アンネリーゼが屋根に出ているのを見たことがあるが、下からの風に煽《あお》られて、ドレスの裾《すそ》を押さえるのが大変なようだった。

その状況に煩わしそうな顔をしていたから、現場に出るときには、普段はこんな格好なのかもしれない。

だが、その姿も新鮮で、クレメンスは彼女に気づかれていないのをいいことに、じっくりと観察した。

何よりいつもと違うのは、その胸元が盛り上がっていないことだ。ストンとした胸元は、まるで少年のようだ。

帽子にまとめた茶色のくるくるとした毛先と、綺麗な顎《あご》のラインが強烈にクレメンスの記憶を刺激した。

——あれ？

何かがよみがえってくる。

十年前、この離宮が完成してすぐのころ、クレメンスは母のお供としてここにきた。そのときに遊んだ少年のことを時折思い出していたのだが、その面影が不意にアンネリーゼと重なる。

——え？　もしかして、……あれは、……アンネリーゼ……？　そんなことがあるのか？

その後の記憶のほうが鮮明すぎて、その少年の顔立ちなどは長い月日の間にかなり薄れていた。だが、少年のような姿をしたアンネリーゼを前にしたことで、記憶が強烈に刺激される。

よみがえってきたのは、茶色の癖のある短い髪と、くるくると変わっていく豊かな表情だ。それと、伸びやかな身体つき。

男の子だとばかり思ってきた遊び相手が女の子だったことを、クレメンスは十年前のあの日、最後の最後に知った。

まぶたに灼きついた光景がある。

当時のクレメンスは、女性に対する鬱屈《うっくつ》を抱えこんでいた。女性のことが気になる年齢なのに、怖くて近づくことができない。

王太子という立場であるがゆえに、腫《は》れ物のように扱《あつか》われて、性的なことをすべて遮断されて生きてきた。

――十六にもなって、女性の裸を見たこともなかった。

だけど、この離宮には女性の裸があふれている。そのことが、クレメンスを悩ませた。庭を散歩すれば、露天風呂のほうからきゃいきゃいと女性の声が聞こえてくるからだ。

それがひどく気になって、無視しようにも無視できない年齢だった。

のぞいてみたい、という気持ちと、絶対にのぞいてはダメだ、と命じる道徳心との間で心が引き裂かれそうになっていた。そんなクレメンスを、明るくそそのかしたのはその子だ。

『だったら、のぞいてみようよ』

何の屈託《くったく》もなく、にこやかに笑っていた。短く切りそろえられた髪が帽子の下で揺れ、少し大きめの男ものの服からのぞく細い手足が、ことさら白く映えた。

だけど、その子の裸体を、クレメンスは見た。

お風呂をのぞいていたのが見つかったあの日、少年は必死になってクレメンスを逃がしてくれた。だが、クレメンスは途中で冷静になった。

その少年だけに、責任を押しつけてはならない。逃げる自分が卑怯《ひきょう》に思えた。だから、クレメンスは途中で引き返したのだ。

裸体の女性たちが露天風呂の縁に集まって、大声で騒いでいた。

それを、クレメンスはこわごわとのぞきこむ。少年がひどい目に遭《あ》っていないか、知りたかった。裸の侍女たちの背後から、少年が侍女たちに服を引き剝《は》がされるところが見えた。

その少年の白い胸元が、信じられないほど鮮明に目に飛びこんできた。考えていたのとは違う光景に、クレメンスは息を詰めて凝視《ぎょうし》した。

服を着ていれば、少年としか思えない、ほっそりとした身体だ。事実、クレメンスはそのときまで、その子は男の子だと思っていた。まだ声変わりをしておらず、身体つきも男女ともに変わらない年齢だった。

だが、その子の胸はほんのわずかに膨らんでいた。男の子とは、どこか違う。桜色の愛らしい乳首と相まって、その身体はかつてないほどの、性的な強い衝動をクレメンスにもたらした。

――綺麗だった。

白くてはかなくて、触ったら消えてしまいそうな、妖精じみた肢体だった。

そのくせ、生々しくて肉感的でもあった。

それを見た衝撃にクレメンスは動けなくなった。肉体に、かつてないほどの切実な要求がこみ上げてきたからだ。そのために出ていくこともできず、ただ固まって、見守ることしかできなかった。

クレメンスはうずくまって、荒くなりそうな息を整えた。精通は来ていたが、痛いほどの性的な衝動を覚えたのは初めてだった。

その子が解放された後にようやく動けるようになり、慌ててその子を追った。罪悪感とともに、その子を抱きしめた。何だか大切すぎて、持て余すほどだった。

豊満な女性の裸よりも、その子の裸のほうがとんでもなく衝撃的だった。だが、あまりにも衝撃的すぎて、その後、全く関係を深められないまま、ただ別れてしまうしかないほど、ウブだった。

——その子が、……もしかしたら君か?

信じられない思いで、クレメンスは目をみはる。

だとしたら、これはなんという運命なのだろうか。


「クレメンスさま……?」

驚いたようなアンネリーゼの声に、クレメンスはハッとして現実に戻った。

アンネリーゼが双眼鏡を下ろして、クレメンスを見ている。

長い茶色の髪は、まとめて帽子の中に入れているらしい。だから、髪が短く見えたのかもしれない。

顎のラインも、肩から胸元にかけてのラインも、すんなりとした少年っぽさがいまだに残っている。あのころよりもずっと背は伸びたが、こんな格好をすると、あのときの少年と雰囲気が重なる。利発そうな顔つきも、服が少し大きめに感じられる手足の細さや白さも。

本物の少年だったら成長するにつれて、少年らしさを完全に失ってしまうものだが、女性はそうではないらしい。

「ただいま」

微笑みかけたが、アンネリーゼがクレメンスを見て飛び上がりそうに仰天《ぎょうてん》しているのが、その表情でわかった。

慌てて、木の陰に飛びこんでしまう。

だけど、そのときにはすでに、クレメンスは彼女の姿をたっぷりと目に灼きつけていた。

「どうかした？」

アンネリーゼと顔を合わせたくて木の幹を回りこもうとしたが、その分だけ彼女は反対側に移動して、姿を見せてくれない。

その仕草でピンときた。

アンネリーゼは今みたいな少年っぽい姿を、見せたくないのだろう。

「戻るのは明日だって、おっしゃってませんでした?」

「ああ。予定では明日だったけど、どうしても君に早く会いたくて、急ぎに急いだ」

できる限り馬を速く走らせ、はやる気持ちを抑えきれずに全速力で往復したのだ。

アンネリーゼがこのような気楽な格好をしていたのは、クレメンスが今日は戻らないと思っていたからだとわかった。

――そんな姿も素敵なのに。

自分の前では、自然な姿を見せてほしい。

そんなふうに思うのに、アンネリーゼは木の陰から出てきてくれそうもない。残念に思いながらも、無理矢理引っ張り出すようなことはしたくなくて、クレメンスは足を止めた。

木から少し離れ、アンネリーゼが見ていた屋根のほうを仰《あお》ぎ見る。

「何を見てたの?」

「屋根も、補修が必要かどうかを確認してたのよ。屋根まで石で造る工法があるんですけど、そうすると壁を分厚く造らなければいけなくなるから、ここの屋根は木造なんです。木でドームの枠組みを作った上に、鉛《なまり》板を葺《ふ》いてあるの。その銅板のダメージを確認していたの」

「補修する必要があるかどうか、わかった?」

「やっぱり、一度、間近で見ておく必要があるわ。このまま上ってみようと思ってたんですけど」

その答えに、この軽装は屋根に上るためのものだったのだと思い至った。

「あんな高いところに上るのは、危険では？」

離宮の屋根は高さがあり、見上げるほどに高い。落ちたら、無事ですむとは思えない。今、アンネリーゼを失ったり、彼女が大けがをすることを考えただけでも、クレメンスはうろたえてしまう。

「そうでもないわ。屋根は補修などのために、上れるようになっているから」

屋根に上るのは日常茶飯事なのか、アンネリーゼは何でもないことのように言う。だが、そんな姿を落ち着いて見守ることはできそうにない。

「にしても、君自身が上ることはないだろ。誰か、配下の者に」

「直接、この目で確かめたほうが、何かとてっとり早いから」

きっぱりとアンネリーゼは言う。

クレメンスの提案は受け入れてもらえそうにない。

どうすればいいのか途方に暮れながらも、クレメンスはふと振り返った。まだ木の陰に隠れているかと思いきや、アンネリーゼは顔を出していた。目に双眼鏡を押し当て、離宮の屋根を眺めている。

その姿が、やはり十年前の少年に重なった。当時よりもずっと大人になった。それでも、クレメンスを惹《ひ》きつけた清楚な色香は変わらない。アンネリーゼがあのときの少年だと思うと、この運命にゾクッときた。

どうしても聞かずにはいられなくて、クレメンスは懐かしさに駆られたまま、口走っていた。

「昔、……君に、……ここで会ってないかな。この離宮ができたころ。一緒に遊んだ少年がいるんだけど」

アンネリーゼは目に双眼鏡を当てたままだったが、動きを止めたようだった。

それから、双眼鏡を下ろして、クレメンスのほうを見た。ひどく硬く、強《こわ》ばった表情を浮かべている。

とても、あのときの少年が再会を喜んでいる姿だとは思えない。

「何のこと……ですか」

その反応に、クレメンスは狼狽《ろうばい》した。あの少年がアンネリーゼだったと発見して浮かれていたが、もしかして単なる思いこみということもあり得るのだろうか。

だが、思い出してみれば、あの少年も図面を持って離宮の建物に夢中になっていた記憶があるのだ。

「幼いころの君に、ここで会っていたような気がするんだ。十年前だ。一緒に釣りをしたり、……その、露天風呂ものぞいた……」

特別な秘密まで漏らす。

「違います」

だが、即座に否定された。その口調の強さにクレメンスはまた狼狽した。

――会ってない？

動揺が走る。

あの少年は、アンネリーゼではないのか。

もう一度確認したい、本人にきっぱりと否定されているというのに、まだ未練を断ち切れない。

そう思ったとき、遠くからクレメンスを探す侍従の声が風に乗って聞こえてきた。

「……レメンスさま！　クレメンスさま……！　殿下、どちらに？」

「ここだ！」

大声で侍従を呼んでから、やってくるまでの間に、クレメンスは離宮の屋根を振り仰いだ。とにかく、屋根に上ろうとするのは、阻止しなければならない。

それに、あのときの少年を探す方法に思い至った。離宮が完成したときから、滞在した客の名はすべて名簿に記してあるはずだ。そこにアンネリーゼの名があるかどうか、侍従に探させればいい。

まずはアンネリーゼのほうに向き直って、言ってみる。

「頼むから、屋根に上るのは、やめてくれ。他の者がいるだろ。君を失ったり、大けがをすることがあったら、僕の人生は暗黒に閉ざされたものになる」

大げさかもしれないと思いながらも、懸命に訴えた。そうすれば、アンネリーゼはその頑なな気持ちを変えてくれると思った。王子であるクレメンスの願いを、令嬢たちが受け入れてくれなかったことがなかったからだ。

だが、アンネリーゼは少し考えるように目を泳がせただけで、言い放った。表情は先ほどから、ひどく硬い。

「無理です」

「どうして?」

ぎょっとした。自分の願いは、そんなにも理不尽なものだろうか。愛する人に危険な目に遭ってほしくない。それだけのなのに。

だが、アンネリーゼにとっては、その質問自体が驚くべきものだったらしい。

「だって屋根に上らなければ、どこを補修すべきか、わからないですから」

それに反論できずにいるうちに、侍従が姿を現した。

「どうした?」

尋ねると、侍従は口を開く。

「ヘルヴェティア連邦の、レアム王女がただ今、ご到着されました。お出迎えを」

「到着は、もう少し先ではなかったか？」

はい、と侍従は儀礼に沿って、うやうやしくうなずいた。

「本来は、その予定でございました。予定が早まったようです」

旅程は天候やいろいろな要因によって、延びたり縮まったりする。

ヘルヴェティア連邦からこの離宮までは、そこそこの距離があった。国境線を二つまたがなければならない。

「わかった」

賓客が来たら出迎えるのが、ここでのクレメンスの役割だ。特にヘルヴェティア連邦は、エースタライヒにとって大切な交易相手だ。

玄関に向かう前に、アンネリーゼにも事情を説明しておくことにした。

「ここに、療養に来るという話だった」

だが、クレメンスが全面的に歓迎できないのは、彼女が来るのは温泉療養のためではなく、自分がいるのを嗅ぎつけたからではないのか、という疑念があるためだ。

かつてレアム王女とは、ヘルヴェティア連邦の王城で顔を合わせた。クレメンスはエースタライヒ国王の代理として、彼女の父であるヘルヴェティア連邦盟主の就任式に出席した。

互いの国は自由貿易協定を結んでおり、何か慶事があったときには行き来する関係だ。そのときに、クレメンスは彼女に気に入られたらしく、その父の後押しの下に、結婚を迫られている。

レアム王女は美人だし、客観的にみれば蠱惑《こわく》的な身体つきもしている。レアム王女にとっては、そんな魅力を持つ自分にひれ伏さない男がいるのが、納得できないでいるらしい。

だが、彼女はクレメンスの好みではないのだ。

——断っても、莫大な持参金付きで、再び縁談を持ちかけられた。

金に目がくらみそうになった父を説得するには、大変な手間がかかった。そのとき、クレメンスは自分の伴侶は自分自身で選ぶと、両親に約束させたのだ。

だが、まだレアム王女は自分を諦めきれないようだ。他国の行事などでも、なぜか顔を合わせる機会が多すぎる。

この離宮は多くの外国の賓客も招き入れることになっているから、来るというものを拒むことはできなかった。クレメンスにその気はないのだから、どうにかやんわりとかわして、早々に帰ってもらいたい。

何よりアンネリーゼとの蜜月を邪魔されたくない。今はまだデリケートな時期なのだ。レアム王女との関係を、アンネリーゼに疑われたくない。

「君も、レアム王女に挨拶《あいさつ》する？」

玄関に向かう前に、アンネリーゼに尋ねてみた。

彼女はうなずきかけたが、ふと自分の服装に気づいたようだ。

「この格好ではご挨拶できないから、食事のときでよろしいかしら」

「ああ。今夜、レアム王女の歓迎の晩餐《ばんさん》会を開くことにする。出席できる？」

「ええ」

賓客の到着を受けて、今、厨房では大急ぎで料理が作られているはずだ。レアム王女の身分なら、歓迎の晩餐会を開かないわけにはいかない。

クレメンスはじっと、アンネリーゼを見た。

今のアンネリーゼのように、気取りのない服装も好ましい。だが、夕食のときには、レアム王女に負けないほどの艶《つや》やかなドレス姿で現れるだろう。自然体のままでいいと伝えたいのだが、まだ余計なことは言い出せない。

だが、レアム王女がクレメンスに気のある態度を取ってくることは、今までの彼女の言動を見れば十分に予想できた。クレメンスは外交上、そんなレアム王女に冷ややかに接することはできず、曖昧《あいまい》な態度で受け流すしかない。

だが、そんなところを見られてもアンネリーゼの心が揺さぶられることがないように、今、しっかり伝えておきたかった。

「僕が好きなのは、君だけだから。他の人に気持ちを移すことはない。覚えておいて」

気持ちをこめて伝えると、アンネリーゼは大きく目を見開き、それからはにかんだように笑った。

「はい」

そんな表情に、ドキドキする。

アンネリーゼに正面から歩み寄り、その唇にキスをせずにはいられなかった。


クレメンスはレアム王女を玄関で出迎えてから、部屋まで送り届けた。

もっと話をしましょうと誘われたのをどうにか振りきり、レアム王女の部屋から出て廊下を歩き始めたときのことだ。

近くにたたずんでいた若い侍従が、意味ありげに近づいてきた。

彼はレアム王女付の侍従だ。数日前に到着し、自分の主人が過ごしやすいように、この離宮の使用人などと打ち合わせをする役割だった。主人が到着すれば、当然、その主人に仕える。

「すみません。クレメンス殿下。少し、お話が」

「ああ」

クレメンスは軽く顎をしゃくって、廊下から庭に出るように合図した。

レアム王女の件かと思った。彼女とクレメンスの仲を深めるべく、個別に会う機会を作ろうとしてくるのだと予測していた。

どうやって断ろうかと、あたり障りのない言葉を頭の中で探していたのだが、彼は懐かしそうに離宮や庭を見回し、思いがけない言葉を吐いた。

「ここに来たのは、二度目です。ここができたばかりのころ、ここにいた金髪の身分の高い少年と、親しくさせていただきました」

そこで言葉を切って、クレメンスを見る。クレメンスは別のことを考えていたから、反応が少し遅れた。

「当時の私を、覚えていらっしゃいますか。十年前に、あなたと遊ばせていただいたのですが」

「え」

――まさかそんな。

クレメンスは驚いて、彼を見た。

ここができたばかりのころ、ある少年と遊んでいたのは事実だ。だけど、それはアンネリーゼだと思いこんでいた。だが、彼女には否定されたのに加えて、この侍従は、その少年が自分だと訴えてくる。

侍従は茶色い髪に、二十歳ぐらいで若く、すっきりとした顔立ちをしていた。

年齢的には符合するし、その容姿も記憶に残っているものと大きく異なることはない。

だが、クレメンスの脳裏から消えない光景がある。侍女に服を剝がされたときの、その子の白い胸元だ。かすかに膨らんだ胸は、女の子のものではないのか。

──だけど、あの膨らみはささやかだった。

あれは男の子のものという可能性も残されているのだろうか。

クレメンスは内心でひどく驚愕《きょうがく》した。

記憶というのは、移ろいやすい。十年も前のことだ。あの胸元のことは強く記憶に刻まれていたものの、その子とはあの日以来、一度も会っていなかった。

当初は、自分に性的な衝撃を与えた相手への、顔向けできない戸惑いのようなものがあったからだ。気まずく申し訳ない上に、自分の中のもやもやとしたものと、どのように向き合えばいいのかわからない。

あまりにも衝撃的だったし、あの光景に振り回されたくなかったから、まずはその子のことを忘れてしまおうとした。

五年も経つと、その白い胸元をどうしても忘れられないことに気づいたものの、その子をあえて探そうとしなかったのにはわけがある。

──人は成長する。あの子も、……あの身体のままでいるはずがない。

あれは女性の成長過程の、ほんの一瞬のものだ。当時九歳だと言っていたあの子も、今や成長し、エースタライヒの他の令嬢と同じように成熟した曲線を持つようになっているはずだ。

――あの胸元は、……もうない。幻のようなものだ。

だからこそ、諦めていた。なのに、アンネリーゼと出会えたことで、この奇跡に快哉《かいさい》を叫ばずにはいられない心境になっていたのだったが、もしかして自分の記憶に何か齟齬《そご》があったのだろうか。

――あの胸元は、……本当に男の子のものだったのか？

ほんのかすかな曲線だった。自分を惑わせた色香ゆえに女の子のものだと思いこんだものの、絶対にそうかと自問すれば、どこに根拠があったのかわからない。

自分の胸をしげしげ見たことはなかったものの、もしかして男の子でも、成長の一過程において、あのようなつややかさを備える時期があるのではないだろうか。

――いや？　……まさか。……だが、……ささやかといえばささやかで、……ささやかすぎたから、……いや、そんな……。

クレメンスは混乱し、呆然《ぼうぜん》としながら彼を見る。とにかく、彼がそうだと言うからには、本当にそうなのだろうか。彼はあの子なのか。

「君が、十年前に、……僕と一緒に遊んだ？」

懐かしさよりも警戒心が先に立った表情を、浮かべている自覚がある。ここまで本心を覆い隠せずにいるのは、クレメンスにとっては滅多《めった》にないことだった。

彼は口元に、穏やかな笑みを浮かべた。茶色の髪と利発そうな目に、あの子の面影があると考えるならば、そうとも言える。

「ええ。当時は身分違いだと薄々承知しながらも、クレメンス殿下と遊べるのが嬉しくて。一緒に釣りをしたり、……露天風呂をのぞいたり」

――なんだと！　なんで、それを……！

ドキッと、クレメンスの心臓が大きく音を立てた。

露天風呂をのぞいたのは、あの子とクレメンスだけの秘密だった。彼があの子ではなかったら、そんなことまで知るはずがない。

――まさか、この子が本物？

真実がわからなくなる。

クレメンスはその侍従に曖昧な笑みを浮かべながら、正面から近づいた。

理性では、ならばこの子があの子だ、と判断したのだが、感情がついていかない。あの子がアンネリーゼだと思ったときのときめきが捨てきれない。だが、あえてその思いを押し殺した。

「まさか、あのときの子が君だったとは。また会いたいと思っていた」

「私もです」

彼は親密そうな笑みを浮かべる。その面影が、あの子と重なりそうで重ならない。どうしても違和感があった。

——何より、……あの胸元……。

あれが少女のものではなく、少年のものだったといきなり突きつけられたところで、納得できるわけではない。

かすかに膨らんでいた。未成熟な果実のような、たまらない色香があった。

だけど、そんなふうに見えたのは単なる光の加減などであって、自分はひたすらただの幻を追っていたのだろうか。

不意に何かを見失いそうになる。

すうっと現実感が薄まる。

ぎゅっと目を閉じ、自分だけの世界に閉じこもりそうになったクレメンスに、彼はただならぬものを感じ取ったようだ。

「ありがとうございます。ただ、懐かしかったので、一言ご挨拶を、と。かなうことならば、当時の懐かしい話をしたいと思っておりましたが、多忙な殿下と、私のような身分の者ではそうもいかず。あれは、幼いころの、ひとときの夢」

深々と礼をして、彼が去ってしまいそうになったので、クレメンスはハッとした。

ここで彼との関係を断ちきって、いいものだろうか。これほどまでに、クレメンスの心を騒がせる原因となった相手だ。それに、まだ納得できないところもあった。

――本当に、……彼があの子か？

モヤモヤする。いまだに納得できない。この気持ちを、まずは自分の中で昇華させずにはいられない。あの子が彼だと納得するか、それともそうではないという証拠を摑むか、どちらかの方法で。

だからこそ、クレメンスは親密そうな笑顔を作って、言ってみる。

「いや。あのときの少年に、ずっと詫《わ》びたいと思っていたんだ。僕の代わりとして、侍女たちにつかまって、罰を受けていた」

あの胸元が、どうしてもまぶたに浮かんで消えない。

思春期の間中、いや、今に至るまで、クレメンスを惑わしてきた、あの色香――。

彼はクレメンスの言葉に喜色を浮かべ、何度もうなずいた。

「詫びなど、……そんなものは必要ないのです。ただ、よろしければ近いうちに私と、……思い出話でもしていただければ」

二度も繰り出された誘いに、クレメンスはうなずいた。

「いいね。いい酒がある。それを飲みながら、あのころの思い出話をしようか」

当時のことを思い起こしただけで、鼓動が乱れ始める。息苦しくなる。

何が真実なのか、見えなくなっていた。

それでも、あのときの胸元の映像は脳裏から離れない。

あれが少年のものだったのか、少女のものだったのか、それだけはどうしても、はっきりさせておきたかった。

〔八〕

レアム王女を迎えての晩餐会《ばんさん》は、少ない人数ではあったが、華やかだった。

今夜、その晩餐会に出席するのは、クレメンスとアンネリーゼ。そして、主賓のレアム王女の三人だけだ。他にも滞在客はいるのだが、療養中につき、華やかな場は遠慮しているのだろう。

レアム王女がダイニングの入り口に現れただけで、アンネリーゼは目を奪われた。

連邦の勢いを表すような豪奢《ごうしゃ》なドレスに、肉感的な身体つき。特に強調されているのは、その豊かな胸元だ。布地がはちきれんばかりに、その形を浮き立たせている。それに、とても美人だ。

クレメンスがアンネリーゼを、レアム王女に引き合わせてくれた。

「こちらは、僕の婚約者の、アンネリーゼ・オトマイアー男爵令嬢」

そんなふうに紹介されたことに、アンネリーゼも驚いた。自分が彼の婚約者だと、公にしてしまっていいのだろうか。見合いのためにここに来たが、本決まりになったとは聞いていない。

「えっ」

驚きを隠せないでいるのは、アンネリーゼだけではなかった。レアム王女もぎょっとしたように大きな目を見開き、噛みつくようにクレメンスを見る。

彼女としっかり目を合わせて、クレメンスは言った。

「もうじき、結婚するんだ」

最初はにこやかだったレアム王女だが、その言葉を受けてから、値踏みするような目でアンネリーゼを見ていた。

確かに顔も身体も身分も、レアム王女のほうがアンネリーゼよりも上だ。それはわかっている。

どう思われようと甘んじて受け入れるしかなかったが、コルセットで盛り上げたアンネリーゼの胸の中には、幸福感がいっぱいに詰めこまれていた。

——婚約者。クレメンスさまの、……婚約者。私が。

ドキドキが大きくなる。

——国王陛下と、王妃さまは、……本当にご了承されているの？

そのあたりが気にかかる。

今まではクレメンスしか眼中になかったが、結婚となると今さらながらに背負うものが大きすぎる。

クレメンスは世継ぎの王子なのだ。自分に、その妻という重責が担えるだろうか。

――でも、……やるしかない、のよね。クレメンスさまと、一緒にいたいのなら。

礼儀作法。社交術。それらは一通りは身についていたが、王太子妃となれば一層磨きをかけなければならないだろう。軽装で屋根に上るのも、控えなければならないのか。

――それでも、……屋根には上りたいわ。屋根のドームの構造をこの目で確認したいし、補修のときにはどれだけ傷んでいるのかは、自分で見ないと納得できない。それに、とても気持ちがいいのよ。

何一つ遮るもののない高みで、風に吹かれるときの気持ちよさ。

整然と並ぶ町並みを見下ろすときの、爽快感。

建築家として独り立ちしたいという自分の夢と、王太子妃として求められることとの狭間で、息ができなくなる。

――だけど、……できるはずだわ。

礼儀作法と社交術は、おそらくどうにかなるはずだ。問題なのは、アンネリーゼが屋根に上ることに、クレメンスがいい顔をしないことだ。

――どうすれば安全だとわかってもらえる？　……落ちないように屋根と身体を紐で結んでいることを確認してもらいがてら、今度一緒に屋根に上って、見かけほど危険じゃないと納得していただく……ことかしら。

その方法が一番だと、アンネリーゼはひそかにうなずいた。

そんなことを考えている間にも、晩餐は進んでいく。

テーブルに次から次へと出てくる料理は、とても豪華だ。

手のこんだ前菜の数々。スープや肉料理、魚料理。

特にここは、肉や魚がとてもおいしい。王都にある貴族の館で行われるどこの晩餐会で食べるものよりも遙《はる》かに美味なのは、この近隣で魚や肉が捕れるからだ。とにかく材料が新鮮で、その美味を高価なスパイスが引き立てている。

しゃべることよりも、食べることのほうに集中していたいアンネリーゼだったが、この席ではレアム王女がやたらとしゃべるから問題はないようだ。

レアム王女は旅の最中に起こったことや、ヘルヴェティア連邦で最近起こったことなどについて、面白おかしく話していく。

それらをアンネリーゼも興味深く聞いた。特に最近、連邦で流行っているという建築資材について話が及んだときには、思わず口を挟まずにはいられなかった。

「あの、……漆喰《しっくい》……。その漆喰のことについて、詳しく教えていただけますか」

ヘルヴェティア連邦では、昔から良質の石灰石が採れる。漆喰は石造建築の石と石をつなぎ合わせる接着剤としても使われる。

「え？　何のこと？」

「漆喰の、新しい製法が、とおっしゃいましたけど」

「ああ。何だか、新しい製法ができたようなのよ。今までは一気に焼いてたのに、じっくり焼くようになったら、品質が向上した、って聞いてるわ。だけど、それは変だと思うわ。だって、一気に焼いたほうが、てっとり早いのに」

「たぶん、こういう仕組みなのだと思います。お料理はされますか？」

アンネリーゼはサーブされた肉の断面を見ながら、レアム王女に尋ねた。

「しないわ」

「でしたら、少しわかりにくいかもしれませんけど。お肉は、オーブンを使って低温でじっくり焼くのと、直火で一気に表面だけ炙る調理法がございます」

「それはわかる」

「低温で時間をかけてじっくり焼くと、肉の中にまで火が通るのと同じように、石灰石も低温でじっくり焼くと、中にまで均一に熱が浸透するんです。粒の大きさがそろった、いい石灰になります。それを使うと、仕上がりが硬く、ひび割れに強くなるから、品質が向上したのかもしれません。今度、その製法についての詳細と、サンプルを」

まだまだこのエースタライヒの漆喰は品質が不安定だから、思いがけないひび割れが生じることもある。だからこそ、アンネリーゼは質のいい漆喰を喉から手が出るほど求めていた。できあがったものを入手するだけではなく、画期的な製法をあみだしたのなら、それが知りたい。

漆喰のことについて専門外なレアム王女がぎょっとしたような顔をしたので、クレメンスが取りなすように言葉を挟んだ。

「ああ。今度、僕がヘルヴェティアの大使に頼んでおこう」

「お願いします」

アンネリーゼは建築が好きなんだとクレメンスが説明してくれたこともあり、それから話は、各地の珍しい建物についてのことになった。

レアム王女は、父である盟主の名代として、各国を外遊しているようだ。そんな話を聞いていると、アンネリーゼもあちらこちらに行きたくなる。まだ国を出たことがないのだ。ヘルヴェティア連邦の建築も独特だと聞いている。その建物を実際に見てみたい。

――機会があるかしら。クレメンスさまの名代として、……私も旅することが。

そんなふうに考えたのが顔に出ていたのか、そっとささやかれた。

「大丈夫。きっと、君もあちこち行ける。王太子妃になったら、無理にでも国外に引っ張り出される」

「……だとしたら、素敵ね」

ぼんやりと夢想に浸《ひた》りながら食べ進んでいく間に、だんだんとアンネリーゼは食べ物が身体に入っていく余地がなくなっていくのを感じた。

この晩餐会に出るために、コルセットをまたしてもきつく締めてしまったのだ。レアム王女への対抗心というよりも、先ほどの失態からだった。クレメンスが戻ってくるのは今日ではないと思っていたから、胸を盛らない軽装で、離宮のあちらこちらを職人を指揮して歩いてしまった。

――見られてしまったのではないかしら……。

すぐに隠れたから、大丈夫だと思いたい。それに、裸でいたわけではないのだ。服である程度はごまかされていたはずだ。

だが、その失態の穴埋めとばかりに、この晩餐会のときには可能な限り高々と胸を盛らずにはいられなかった。その甲斐《かい》あって、外見上は立派になったが、締めつけすぎて気分が悪い。

やりすぎた。

――バカね……。

アンネリーゼは自分につぶやく。

レアム王女は美しい上に積極的な性格らしく、クレメンスへの好意を隠そうともしていない。婚約者として紹介されたアンネリーゼの前で、その目をうっとりとクレメンスに向けている。

クレメンスはそつなく、レアム王女からの好意や、誘うような言葉を受け流していた。

そんな二人の応酬を聞いているだけで、アンネリーゼは疲れてくる。

クレメンスが先ほど何も言ってくれなかったら、クレメンスとレアム王女の関係にやきもきしていたかもしれない。だけど、アンネリーゼの胸には、彼が告げてくれた言葉があった。

『僕が好きなのは、君だけだから』

その言葉が、アンネリーゼに自信を与える。

それに、クレメンスはレアム王女よりも、アンネリーゼのほうに常に意識を向けているのが伝わってきている。

コルセットの締めすぎでだんだんとアンネリーゼの顔色が悪くなっていったのを、読み取ったのか、気遣うように言ってきた。

「大丈夫？　気分でも？」

「ちょっと、……苦しくて」

「そうか。だったら、部屋まで送ろう。——医師も呼ぶか」

クレメンスが侍従のほうを振り返ったので、アンネリーゼは止めた。この離宮には王族付きの医師が常駐しているのだが、おそらくこのきついコルセットを緩めれば楽になるはずだ。

「医師は必要ないです。……中座を、お許しください」

アンネリーゼはレアム王女にそう伝えて、席を立った。

自分と侍女だけで部屋に戻ろうとしたのだが、クレメンスはそうさせるつもりはないようだ。

この晩餐会の終わりをレアム王女に告げようとしていたようだが、彼女は腕を伸ばして、甘い声とともにクレメンスを引き留めた。

「駄目よ。まだお話を聞いてくださる約束よ。これから、ウィーンズベリーに行ったときの話をするんですから」

「わかった。だったら、アンネリーゼを部屋に送ってから、すぐに戻ってくる」

「でしたら、わたくしの部屋にいらして」

「結婚前の淑女《しゅくじょ》の部屋に行くなんて、できるはずがない」

「でしたら、月でも見上げながら話す？」

そんな二人のやりとりを聞いていられなくて、アンネリーゼはふらりと宴席から出た。

だが、すぐにクレメンスが追ってきて、アンネリーゼが滞在している部屋まで付き添ってくれた。

それから、別れ際に言われた。

「ごめん。外交上、レアム王女の話に付き合わなければならない。だけど、後でまた君と話がしたい。気分がよくなったら、僕の部屋に来てくれる？　楽な格好でいいから」

クレメンスはアンネリーゼの気分の悪さは、コルセットの締めすぎからだと読み取っているのかもしれない。

――この人は、勘がよすぎるわ。

だからこそ、胸の秘密を隠しているアンネリーゼは、常に薄氷の上を歩いている気分になる。

クレメンスは甘い微笑みを残して、部屋を出ていった。

アンネリーゼは侍女に頼んで、すぐさまコルセットを脱いだ。息が自由にできるようになった途端に、楽になった。

――は……。

何だかこんな状況は、かつてもあったような記憶がある。あのとき、コルセットを緩めてくれた親切な若い青年は、どうしているのだろうか。

クレメンスが後で部屋に来て、と言ってくれたのは、アンネリーゼとしばらく一緒にいられなかった埋め合わせをしたいからだろう。

――だけど、私には秘密があるの。

その思いが、アンネリーゼの心を重くする。

目を閉じると、レアム王女の誇らしげに盛り上がった胸が浮かび上がった。

それでも、クレメンスのことが好きでたまらない。ここまできたのなら、秘密が知られないように、精一杯の努力をしたい。どうにか、婚約者として認めてくれるところまでこぎ着けたのだ。そんな無茶が、どこまで通用するかわからないけれど。

――だとしても、クレメンスさまから、離れられそうにないのだもの。

前回、彼と身体をつないだときのときめきが、全身に宿っている。あのときから、アンネリーゼは彼のものだ。

あの翌朝から、クレメンスは急務でいなくなってしまったから、今夜はたっぷり話がしたい。クレメンスもその気持ちを汲《く》んでくれたのだと思いたい。

どれくらいの時間に、クレメンスの部屋に行くのが正解だろうか。ドキドキして、落ち着かない気分になる。

あまりに早すぎると、レアム王女との話が終わっていない可能性がある。かといって遅すぎたら、旅の疲れもあるから、クレメンスはぐっすり眠りこんでしまうかもしれない。

――うーん……。

考えながらも、まずは湯浴みをし、どんな服装で向かうべきか考えた。

――楽な格好でいいって言ったわ。

またコルセットを着けるのは、気分を悪くしたばかりで恐怖がある。前のように、夜着にガウンを重ねた姿で大丈夫だろうか。

アンネリーゼがよく着ているガウンは、衿《えり》が大きく張り出しているデザインだった。これなら、胸のあたりのボリュームがないのがわからない。どうにか格好はつくはずだ。

そうしているうちに夜もしんしんと更けてきたので、頃合いを見計らって、アンネリーゼは部屋を出た。クレメンスの部屋は、すぐそばだ。

クレメンスはまだレアム王女と話をしているだろうか。

気持ちを落ち着かせるために、アンネリーゼは庭に出た。庭のほうから大きく回りこんでも、クレメンスの部屋にたどり着けることは知っていた。

空には、ぽっかりと大きな月が出ていた。月を見て話そう、とレアム王女が言っていたのはこのせいだ。旅の途中だから、レアム王女は月の大きさが目についていたのかもしれない。

月夜の庭の美しさについて、アンネリーゼはさして意識したことがなかった。だが、月の光の下だと、いつもよりも庭の造形の美しさが引き立てられていた。葉の一枚一枚の輪郭が鮮明だ。その初めての発見に、しばし見とれた。

――綺麗なものは、大好きなの。

だが、クレメンスの滞在している部屋に近づいていくにつれ、どこからか低い人の声がすることに気づいた。

――クレメンスさまの声だわ。

レアム王女はクレメンスの部屋にまで押しかけたのだろうか。まだ彼女がいるのならば、一度戻ったほうがいいだろう。

きびすを返しかけたアンネリーゼだったが、混じって聞こえる声が男性のものなのに気づく。

――え？

誰だろうか。男性の賓客は、この離宮にはいなかったはずだ。

気になって木々の間から透かし見ると、テラスに人影があるのに気づいた。

居間から出られるテラスにはテーブルと椅子が置かれていて、夕涼みができるようになっている。クレメンスと誰かが、そこにいるようだ。

テラスのテーブルにはランプが置かれていて、その周囲がほんのりと映し出されていた。

聞こえてきたクレメンスの声は、親密さに満ちていた。

「にしても、……君があのときの子だったとはね。一緒に釣りをしたの、覚えてる？　ここは、とても大きな魚がかかる。最初のころはなかなか釣り上げられなくて、何度も逃がした」

――あのときの子？

その言葉に、アンネリーゼは引っかかった。

晩餐の前に、クレメンスに尋ねられたばかりだ。

『昔、……君に、……ここで会ってないかな。この離宮ができたころ。一緒に遊んだりした少年がいるんだけど』

さらに言われた。

『幼いころの君に、ここで会っていたような気がするんだ。十年前だ。一緒に釣りをしたり、……その、露天風呂ものぞいた……』

どうしていきなりそんな質問をされるのかわからなくて、心の準備ができていなかった。否定すべきか、肯定すべきかすらわからず、反射的に「違います」と返答してしまった。

——失敗したわ。

そのことも考えておかなければならなかったのに、レアム王女の登場に続いて、歓迎の晩餐と、立て続けだったために、完全に頭から飛んでいた。

クレメンスと今、会っているのは誰なのだろう。『あのときの子』と言っていた。まさか、自分以外の誰かが、『あのときの子』になりすましているのだろうか。

——なんで？

その答えはうっすらとわかる。何でもいいから利用して、クレメンスに近づこうとする人間は大勢いるからだ。利権や特権を得ようとして、よくない人が集まる。それには、気をつけなければならない。

そんな疑いを肯定するように、その人の声が聞こえてきた。

「楽しかったですね、あなたと遊ぶのは。私のような身分の人間でも、あなたは屈託《くったく》なく接してくださって」

何がどうなっているのだと戸惑いながら、アンネリーゼはこの人が偽物だと明らかにするためにも、当時の記憶をよみがえらせようとした。

クレメンスは、アンネリーゼが初めてできた「友達」だと言っていた。今までは、選ばれた相手としか遊んだことがないのだと。

だから、『あの子』が二人いたはずがない。ここでクレメンスと遊んだのは、アンネリーゼだけだ。

アンネリーゼはそっと近づき、『あの子』になりすましている人の姿をのぞき見た。

ランプだけではなく月明かりもあったから、彼の姿がぼうっと浮かび上がって見えた。

クレメンスとテーブルを挟んだ位置の椅子に座っているのは、レアム王女の侍従だった。

今夜も、晩餐の席でレアム王女に付き添っている姿を見た。端整な容姿をした若い男だったから、その姿は印象に残っていたのだ。

――レアム王女の……侍従が、……どうして……？

本来ならば、王子であるクレメンスと侍従は同じテーブルにつかない。こんなふうに身分差を越えて接しているのは、『あの子』だからこその特権だろうか。

クレメンスの声が、聞こえてきた。

「覚えてる？　僕が大きな魚を釣って、川に引きずりこまれそうになったとき。それを、君が助けてくれた。おかげで、落ちずにすんだ」

「ああ。そうですね、とっさに手をお貸しして」

――違うわ。

その侍従の言葉を、アンネリーゼはすぐさま頭の中で否定する。

アンネリーゼの頭の中に、あの夏の記憶は鮮明に刻みこまれている。

大きな魚を釣って川に引きずりこまれそうになったのは、クレメンスではなくてアンネリーゼのほうだ。とっさにクレメンスが腰を摑んで引き留めようとしてくれたものの、バランスを崩して二人とも川に落ち、命からがら岸に這い上がった。

魚を釣って川に落ちたのは、一度きりだ。印象深いことだから忘れることはないはずなのに、それについての侍従の言及はない。

だが、クレメンスはそのときのことをすっかり忘れてしまったのか、侍従の言葉に大きくうなずいている。

「ああ。そうだったね。僕は川に慣れてなくて、よくびしょびしょになっていた。君も濡れて、一緒に服を脱いで乾かすのが、釣りを終えたときの日課だった」

あまりに間違ったことをクレメンスが言うので、アンネリーゼは憤慨《ふんがい》する。クレメンスはあのときのことを、どうしてそんなふうに勘違いしているのだろうか。

――一緒に服を乾かしたりなんて、してないわ！　だって、……脱げないもの。

アンネリーゼは男の子のような格好をしていたし、胸もほとんど平らだった。だが、さすがにクレメンスに裸体を晒《さら》していたはずがない。

いくら濡れても服を脱ぐことはなく、自然乾燥に任せていたのだ。

あのときのことを、クレメンスはそんなにも覚えていないのだろうか。

「どうしましたっけ、釣った魚は」

「君が川縁で火を熾して、焼いてくれたんだ。魚はとても大きかったから、普通に焼いても中まで火が通らなくて、君が簡易オーブンを作ったんだよ。あれは何式って言ったかな。離宮のそこら中に残っていたレンガを集めて、粘土で固めて」

離宮を作るための資材が、当時はあちらこちらに散らばっていた。石作りの立派な離宮だが、レンガも部分的に使われていたのだ。

――古代ギリシャの持ち運び式オーブンよ……！

その構図について、地面に図を描いて、クレメンスに熱く語ったものだ。

そのことについても、クレメンスは覚えていないのだろうか。

侍従はもちろん、その名称を知らない。

何式でしたかね、と曖昧《あいまい》な答えを返しただけだったが、クレメンスはそれ以上追求することなく、楽しげに話を続けた。

「そんなふうに、魚を自分で調理したのは、初めてだった。自分で焼いた魚はとてもおいしくて、君が準備してくれたベリーのソースが、格別だった」

——ベリーのソース？

アンネリーゼは首をひねる。

そんなものを、オーブンで焼いた魚につけた覚えはない。

魚の味付けは、塩と、そこら辺に生えていた香草だけだ。そんなシンプルな味付けでも、とてもおいしかった。

だが侍従は、クレメンスの言葉に追従する。

「ああ。ベリーのソース！　おいしかったですね。あれは……」

「君が持ってきてくれたんだ。自分の家の秘伝だと言って」

「ああ。そうでした。母が作ってくれたものです」

聞くに堪《た》えない。

めちゃくちゃなことばかり侍従が言うから、アンネリーゼは頭を抱えた。乱入して、訂正したい気持ちでいっぱいだ。

——よくもそんな、でたらめばかり……！

だが、クレメンスの口調が、途中から少しずつ乱れていくのをアンネリーゼは感じていた。

「おっと」

クレメンスが杯を倒したらしい。さらに二人の話は続いていたが、だんだんとクレメンスの舌がもつれがちになり、動きもあやしくなっているのが、そのやりとりから読み取れた。

発声すら、明瞭《めいりょう》ではなくなっていく。

――かなり、酩酊《めいてい》していらっしゃるのね？

こんなふうに、クレメンスが人前で酔っているのをアンネリーゼは見たことがない。それだけ、心を許して気持ちよく酔っているということなのだろうか。それにしては、酒が回るペースが速すぎはしないか。

それはクレメンスにも自覚があるらしい。大きく息を吐き出した後に、つぶやきが聞こえてくる。

「……ひどく酔ったな」

「お水でも、持ってきましょうか」

「いや。もっと、飲もう。注いでくれ」

――いい加減にされたほうが。

見守っているアンネリーゼのほうが、ハラハラする。気が気ではない。

何せ一緒に飲んでいるのは、『あの子』のなりすましだ。レアム王女の侍従だから身元は調べてあるのだろうが、『あの子』のふりをしている理由や目的がわからない。

——嫌な予感がするわ。

「ん、……は……っ」

クレメンスの声が、不意に途切れた。どさ、と倒れこむような気配の後で、侍従が焦《あせ》ったように声を上げた。

「クレメンスさま？　クレメンスさま？　お眠りに？」

クレメンスを揺さぶっているらしい。だが、クレメンスの意識が戻らないのを確認した後で、侍従が周囲を見回し、慌てもしない冷静な足取りで庭から外に歩いていくのが見えた。

——え？　でも……。

こんな場合、まずはクレメンスのドアの前にいる歩哨を呼び寄せ、具合が悪くなってはいないか確かめるのが筋だろう。なのにどうしてそうしないのかと思いながら、アンネリーゼは彼をやり過ごしてテラスに近づく。

何度か振り返って、庭のほうから彼が戻ってこないか確認したが、その気配はなかった。彼はどこかに行ったようだ。

どういうことなのか考えながら、アンネリーゼはテラスに立った。

すぐそばのテーブルに、クレメンスが突っ伏している。

「クレメンスさま」

何度か揺さぶるとクレメンスが少しだけ頭を動かし、薄く目を開いて、こちらを見た。

「アンネリーゼ」

びっくりしたように言ってから、クレメンスはけだるそうに上体を起こす。それから、周囲を見回した。侍従の行方を捜しているのだろうか。その目の動きは鋭くて、動きも元に戻っていた。酩酊した人のものとは思えない。

「どうしてここへ、――って、僕が呼んだんだった。少し前まで、僕がここで飲んでいた相手がいるんだが、どこに行ったのか、見てない？」

「庭のほうに。……そのまま、あちらへ歩いていきましたけど」

彼が消えた方向を指し示すと、納得したようにクレメンスはうなずいた。アンネリーゼは何が何だかわからない。

「せっかく来てくれたのにすまないが、先に作業だけさせてもらってもいいかな」

「え？　ええ」

うなずくと、クレメンスは立ち上がって、室内に戻った。それをなんとなく目で追っていると、応接室の部屋の隅から箱を引き出し、テラスまで運んでくる。

そこには、小さなガラス瓶や金属の薬さじなどが整然と並んでいた。

これは何？　と思いながら眺めていると、クレメンスは自分が飲んでいた杯を掴み、その中身に薬をさじで入れた。さらにもう一つグラスを取り出し、バルコニーの椅子の脚下に隠してあったらしき壺を引っ張り出して、その中身を入れる。

「それって、何ですか?」

壺の中身が気になって聞くと、クレメンスはそのグラスにも慎重な手つきで薬をすりきり一杯入れながら言った。

「僕が、飲んでいるふりをしていたお酒」

——ふり……?

金属棒で二つのグラスをかき回しながら、クレメンスは色の変化を見ているらしい。ランプを引き寄せたその様子に、アンネリーゼはピンと来た。

「それは、毒味のためのお薬ね?」

クレメンスはおそらく侍従と杯を交わしているように思わせて、その中身をすべて壺に溜めていたのだろう。その飲み物に何が混入していたのか、こうして確認しているのだ。

「そうだ。薬物に反応する」

グラスの中身がどす黒く変色していた。

「まさか、あなたを毒殺しようと?」

口走ると、クレメンスは黙って、というように口元に指を当てる。それから、持ってきた箱を元の位置に戻し、グラスと壺を室内に運び入れて、外にいた歩哨《ほしょう》を呼んで手渡した。

それから、アンネリーゼにささやいた。

「少し、隠れる。君も付き合ってくれる？」

「隠れるって、どこに？」

「ここにある隠し部屋。これから、この部屋で何が起きるのか、知りたいんだ」

隠し部屋という言葉の響きに、アンネリーゼの胸は高鳴った。

父から渡された図面に、そのような部屋が記されていたのを見ていない。隠し部屋だからこそ、図面にも残さないようにしてあるのだろうか。

ドキドキしながら、いったいどこに隠し部屋があるのかと見回していると、クレメンスが近づいていったのは暖炉だった。そこには、動物の頭部や植物をかたどった過剰なほどの装飾がある。その突起のいくつかに、クレメンスは慣れた手つきで触れていく。それが、隠し部屋を開くからくりなのだろうか。

「あっ」

思わず声を上げたのは、不意に暖炉全体が大きく動いて、暖炉の装飾がまるごと下に引きこまれたからだ。そこに四角く、下に向かう闇の通路が開いていた。

のぞきこむと、下への階段が見える。

その通路の前に立って、クレメンスはアンネリーゼを誘った。

「まずはここに隠れて、何が起きるのか、見守ろう」

何が起きるのかも知りたいし、純粋に隠し通路の中に入ってみたい気持ちも強い。ドキドキが収まらない。

まずはクレメンスが、ランプを掲げながら階段を下りていく。それから、アンネリーゼを誘うように、ランプを掲げた。クレメンスが足下を照らしてくれたので、アンネリーゼも慎重に階段を下りていく。

そこには思っていたよりも広い、地下の空間があった。奥はどこかに続いているらしいが、クレメンスは階段のすぐそばで足を止め、アンネリーゼが下りてくるのを待っていてくれた。手が届く位置まで下りると、そっと手を取ってエスコートしてくれる。

アンネリーゼは階段を完全に下りてから、地下空間を見回した。

隠し部屋にも、階上のものと同じように壁紙が貼られており、調度なども備えつけられている。

クレメンスはアンネリーゼが階段から離れるのを待って、どこかを押したようだ。すると、地下に伸びていた階段が天井に収納され、地上とつながっていた空間が消える。おそらく、地上の居間のほうから見れば、暖炉は元通りになったのだろう。

「すごいわね」

「ああ。君のお父さんは天才だ。この隠し部屋を初めて知ったとき、とても興奮した」

「上の様子は、どこから見られるの？」

自然と声を潜《ひそ》めて聞くと、クレメンスはうなずいた。

「ああ。狭いけど、こっちだ」

部屋の隅に数段高くなったところがあり、その上に立つと、地上の床と目の高さが合った。そこから、応接室全体が見渡せるようになっている。

クレメンスと肩を寄せ合っているだけでも、鼓動が乱れそうになる。だけど、今は油断ができない。まだ外に誰もいないのを確認して、アンネリーゼはささやき声で聞いてみた。

「毒殺されそうだったの？」

薬を入れた途端、どす黒く変色した杯の中身が気にかかる。クレメンスはランプを足下に置いた。その明かりが地上に漏れないように角度を調整してから、アンネリーゼのほうを見て、いたずらっぽい笑みを浮かべた。

「いや。酒に混ぜられていたのは、毒じゃない」

「え？」

「媚薬《びやく》だ」

その言葉に、アンネリーゼは二の句が継げなかった。そんな可能性など、考えてもいなかった。だが、クレメンスは秀麗な顔を隙間に向けて、何でもないことのように言ってくる。

「だから、あいつの目的がわかった。これから、その懸念があたっているかどうか、確認するところだ。僕を酔いつぶして、既成事実を作ろうって考えかな」

「既成事実って、……誰が？」

口走った途端に、ひらめいた。

まさか侍従とクレメンスとの既成事実とは思えないから、彼が仕えている主人とだろう。

――レアム王女？

「だけど、……そんな……」

身分のある人だ。いくらクレメンスのことが好きでも、そこまでやるだろうか。

クレメンスはちらっとアンネリーゼを見たが、またすぐに隙間に視線を戻した。

「彼女がどこまで関与しているのか、わからない。侍従の暴走だと思いたい。……だけど、やつがどうして『あの子』のことを知っているのかも、気になって」

「『あの子』って」

ドキドキしながら、尋ねてみる。

自分以上に、『あの子』のことを知っている人間はいない。だが、まだ『あの子』が自分だとアンネリーゼは告白できずにいるのだ。

「今日、あなたに尋ねられたわね。この離宮ができたころ、一緒に遊んでたって子？　私と間違えた……」

とぼけたりするのは苦手で、口がカラカラになっていく。

「やつはなりすましだ。かつて僕が遊んだのは、男の子ではなくて女の子だったから」

その言葉に、アンネリーゼは心臓が止まりそうになった。

どこでクレメンスはそのことを知ったのだろうか。一緒に遊んだときも、アンネリーゼは彼の前で服を脱ぐことはなかった。脱がされたのは、露天風呂をのぞいたのを侍女たちに見つかったときだけだ。あの事件が起きてから、クレメンスとはろくに顔を合わせる機会もなく、用事がすんだ父に連れられて、さよならも言えずに別れるしかなかった。

「どうして、……女の子だとわかったの？」

聞くと、クレメンスは隙間に顔をぴたりと合わせたまま、並んで立っていたアンネリーゼの手を探って、そっと指と指を絡めあわせた。

指の間が触れ合う親密な接触に、アンネリーゼの鼓動は高まる。ただ手を握られているだけなのに、魂まで握られたような気がして、逃げ場を失う。

クレメンスは柔らかな視線を、アンネリーゼに向けた。

「幼いとき、好奇心を抑えきれずに、あの子と一緒に露天風呂をのぞいたんだ。あの子は僕をかばってくれた。僕の代わりに、侍女たちにつかまったんだ。僕は逃がしてもらったものの、どうしても罪悪感があって、引き返した。そのときに見たものは、世界で一番清らかで、僕の性癖を確定させるだけの威力があった。清楚なのに淫《みだ》らで、僕は目が離せなくなった」

ごくりと、アンネリーゼは息を呑んだ。

「何を見たの?」

「その子の裸だ。……上半身だけだったけど、紛れもなく女の子だった」

――え? えええええ……!

服を剝《は》がされたときの姿を、クレメンスに見られていたなんて知らなかった。

もはや十年も昔の話だ。だが、今、裸を見られているような羞恥心がこみ上げ、一気に身体の熱が上がる。

いたたまれなさに、頰や耳が暗闇の中で赤くなっていくのを感じる。言葉を失ったアンネリーゼに、クレメンスは重ねて言った。

「だから、あいつがそうじゃないと、すぐにわかった。もしかしたら、と、惑わされもしたけどね。どうしてあの子になりすまそうとするのか謎で、化けの皮を剝がしたいとも思って、僕とあの子との過去をいろいろと尋ねてみた」

クレメンスの言葉に、アンネリーゼはうなずいた。

いつまでも隠していても、仕方がない。クレメンスが侍従に投げかけた言葉の、答え合わせをするつもりで言ってみる。

「そうね。魚を焼くために作ったのは古代ギリシャ式のオーブンだし、焼いた魚につけたのは、ベリーのソースじゃなくって、塩と香草よ」

「やっぱり、君だ！　アンネリーゼ」

クレメンスの指に力が入って、手をぎゅうっと握られた。

ひどく嬉しそうな笑みを浮かべている。そこまで劇的に表情を変えられると、アンネリーゼの鼓動は収まらなくなってくる。

――何？　どうして、そんなにも、クレメンスは興奮してるの？

愛しげに頰を摑まれ、口づけられた。一度きりでは終わらず、だんだんとキスは深くなる。こんなふうにすっぽりと腕に抱えこまれ、暗闇でするキスは素敵すぎて、そんな状況にアンネリーゼはうっとりとしてしまう。

だが、どうしてそこまでクレメンスが、あの子のことを求めているのか、わからずにいた。

クレメンスの気がすむまでキスを続けてから、アンネリーゼは息も整わないままに言った。

「あの侍従が『あの子』のことを知っているのは、あなたがあの子の話をしていたとき、盗み聞きしていたからだわ。そのときに『あの子』になりすますことを、思いついたんじゃないかしら」

そうとしか思えない。

「なるほど」

クレメンスは深くうなずいた。

「最初に聞いたとき、君が『違う』って、すぐさま否定したのは、どうしてなの?」

「それは、……っ、あれよ」

「何?」

「心の準備ができてなかったからよ。いきなり言われて、びっくりしたの」

そのとき、応接室のほうで物音がした。ドアが開くような音だ。誰かがクレメンスの部屋に庭から入ってきたらしい。二人は息を詰め、音が出ないように注意しながら、階上が見える隙間に顔を寄せる。

「クレメンスさま?　いらっしゃいませんの?」

小さく呼びかけながら、やってきたのはレアム王女だ。

彼女は居間を歩き回り、庭のほうをのぞいたりして、そこにクレメンスがいないのを確認しながら、他の部屋へと消える。たぶん、寝室まで忍んでいったのだろう。

だが、どの部屋にもクレメンスがいないとわかったようで、しばらくしてから困惑《こんわく》した様子で出ていった。

完全にその気配がなくなったのを確認してから、クレメンスが身じろぎをして、階上が見える隙間から顔を離した。ふう、と、深くため息をつく。

「想像していた通りだったな」

「レアム王女が、何もかも仕組んでいたってことなの？」

「彼女までグルかどうかは、今の時点ではわからない。あの侍従の勝手な行動かもしれない。だけど、レアム王女がやってきたのは確かだ。侍従が僕に媚薬を盛ったことから考えるに、酔い潰れて発情した状態になった僕の下にレアム王女を向かわせ、あわよくば既成事実を作らせようとしたんじゃないかと」

想像以上に手口が強引だ。

だが、クレメンスの飲み物に媚薬が盛られていたのだから、理由としてはそう考えるのが妥当だろう。

「ここでレアム王女と関係を持ってしまったら、どんな事情があったとしても、結婚を断れなくなる」

「……っ」

危ないところだったのだと、ひやりとする。

クレメンスが侍従の企《たくら》みを見抜くことができず、媚薬の入った飲み物を飲んでいたら、そんな展開もあったのだろう。

だけど、クレメンスは罠を見抜いた。こんな修羅場を、今まで何度もくぐり抜けてきたのかもしれない。

レアム王女が戻ってこないと確認できるまで待ってから、クレメンスはまた先ほどの壁の一部を押した。暖炉から通路が伸びてくるまでの間に、言う。

「まずは、あの侍従の身柄を押さえておく必要がある。まがりなりにも、世継ぎの王子である僕の飲み物に、何らかの薬物を仕込んだんだ。レアム王女のほうも申し訳ないが、侍従への監督不行き届きということで、連座することとなる」

クレメンスは応接室に戻るなり、廊下に出て兵たちに何かを伝えたようだ。厳しい調子の声が、アンネリーゼの耳まで届く。

クレメンスはアンネリーゼを自室の入り口まで送り届けてから、言い残していった。

「すまないが、今日はここまでで。明日また、落ち着いたら話をしよう」

「え、……ええ」

アンネリーゼはうなずいた。

確かにこの状況では、落ち着かない。侍従もレアム王女も、何をするつもりだったのかわからないのだ。


なかなか寝つけないままに、夜が明けた。次の日の昼過ぎに、アンネリーゼの下にクレメンスから伝言が届いた。

すべては片付いた。今夜、夕食を一緒にとらないか、というものだった。

だが、そのためにコルセットを身につけて装おうとしたアンネリーゼを、侍女が止める。オトマイアー家から連れてきた侍女ではなくて、クレメンスに昔から仕えていたという例の侍女だ。

「今夜、クレメンスさまから、衣装を預かってございます。それをつけるときには、コルセットは必要ありませんから」

「コルセットが、……必要ない？」

「はい。今後、宮廷で流行するかもしれないというドレスを、まずはアンネリーゼさまに身につけていただきたいという、殿下のご意向でございます。それはコルセットが必要なく、ふわふわとした布が妖精みたいな軽やかさを感じさせる、楽なものなのです」

「それは、楽しくて楽そうね？」

コルセットにさんざん苦しめられてきた。それをつけずにすむのだと思っただけで、気持ちが軽くなる。だけど、コルセットなしでは胸元を盛れないから心配だった。

戸惑《とまど》いながらも、アンネリーゼは侍女の助けを借りて、そのドレスを身につけていく。

ウエストや身体のラインを強調するのではなく、ふんわりとした布地が身体に巻きついてくるような、華やかなドレスだ。胸元で切り替えになっているが、その胸元はことさら幾重ものレースやフリルで飾られていた。透ける布の重なりが美しく、動くたびに布地がチラチラと光を放つ。花の中心にあるめしべにでもなったような、花びらを幾重にもまとったようなドレスだから、かさのあるこの服を着こなすには、身体が薄っぺらなほうがいいのではないだろうか。

「……わ……」

身につけている間もそんなふうに考えていたが、実際に身につけてから、全身が映る鏡の前に移動して、アンネリーゼは絶句した。

「素敵ね」

そうとしか言えない。

身体のラインを強調するような今までのドレスとは、まるで違っていた。特に胸元を盛らなくてもいいのが最高だ。これなら、食事の途中に、苦しくて中座することもない。

アンネリーゼだけではなく、着つけていた侍女にとってもその出来は想像以上だったらしい。手放しで褒められた。

「とてもよくお似合いです」

「素晴らしいですわ。アンネリーゼさま」

「ふふふ」

嬉しくなって、アンネリーゼは笑った。自分でも、この服はとても好きだ。宮殿では目にしたことのないデザインだったが、ふわふわとした素敵なデザインで、何より楽だから、確かにこれから流行するに違いない。コルセットに苦しめられている令嬢は、少なくないはずだから。

すでに別の国では流行し始めており、クレメンスがそれを知って取り寄せたのだと、侍女は髪も結いながら説明してくれた。

夕食の会場に行くと、そこにクレメンスだけがいた。

彼はアンネリーゼの姿を見るなり、ハッとしたように目を見開いた。それから両手を広げて、立ち上がって近づいてくる。

「素晴らしいな、アンネリーゼ。抱きしめても？」

「もちろんよ」

クレメンスに晒す自分の姿に、こんなにも自信が持てたのは初めてだ。

嬉しくなって微笑むと、クレメンスは感極まったようにアンネリーゼを抱きしめた。だが、そうされることで身体が想像以上に密着することに狼狽《ろうばい》する。

コルセットをつけていないから、身体のラインをそのままクレメンスに伝えているような気がしてならない。ボリュームがある胸元の布の重なりもすべて押しつぶされているから、これではごまかしきれないだろう。

たっぷりと抱擁《ほうよう》した後で、クレメンスがまじまじとアンネリーゼの姿を眺めてくる。

「想像以上だ。とても美しくて、可愛らしい。きっとこのドレスは、うちの宮殿でも流行

する」

「と、いいですけど」

胸元が気になって、アンネリーゼは上の空だ。

「するさ。何せモデルが、これほどまでに魅力的なんだから。さっき見たときには、妖精が現れたかと思った」

自分でもとても似合っているとは思っていたが、そこまで言われると恥ずかしくなる。

「それは、……大げさよ」

「ってほどでもないさ。やっぱり、君は僕の理想だ。アンネリーゼ」

——僕の理想。

その言葉を、どこかで聞いたような気がする。最初は『理想の胸』という言葉で、ハンガリアの王子と話しているのを立ち聞きした。二度目は、いつだっただろうか。

——そうだわ。クレメンスさまと、初めてつながったとき。

抱擁を解かれた後で、夕食の席に案内された。

食事をとりながら、クレメンスが今日、判明したことについて説明してくれる。

「例の侍従が僕の飲み物に入れたのは、やはり媚薬だった。侍従がそれを荷物の中に隠し持っていたことも、判明した。レアム王女に命じられてのことではなく、レアム王女に気に入られるために、勝手に媚薬を盛ったのだと、侍従は言った。そんなことを思いついたのは、僕と君が外で、『あの子』について話しているのを立ち聞きしたからだそうだ。うまく話を合わせることで、『あの子』になりすませるだろうという、安易な考えだったらしい」

「うまく、なりすませられなかったわね」

「ああ。僕が作り話をしたときにも、やつは安直にすべてうなずいていたからね。侍従はエースタライヒの王都に護送され、王族を害そうとした罪で、それなりの罰が与えられることになる。レアム王女も連座することとなるが、その処遇については、ヘルヴェティア連邦との協議の下で、ということになる。おそらく、レアム王女は二度とこのエースタライヒに足を踏み入れられなくなる上に、我が国にとっての、有利な貿易協定を結び直すこととなると思う」

さすがに、レアム王女も無罪放免というわけにはいかないらしい。

うなずくと、クレメンスはちょっと歯を見せて笑った。

「有利になる貿易協定の項目の一つに、連邦の漆喰の、新しい製法を教えてもらうことと、必要があれば安価で仕入れられるという条件も入れておく?」

「え、……ええ。まずは、サンプルを取り寄せてからだけど、それが可能だったら、お願いしたいわ」

そんな条件が付け加えられるとは思っていなかった。

おそらく侍従が勝手にやったことで、レアム王女にとってはとんだとばっちりだろうが、盟主の娘という立場になると、そのような重責も担うことになるのだと、アンネリーゼは肝に銘じておく。自分はいずれ王太子妃になるかもしれないのだから、そのときにはこのような失敗をしてはならない。

——だけど、その……、まだ問題があるのよね。

胸のことだ。先ほど抱きしめられたときからボリュームのなさを気取られていないかと、アンネリーゼは気が気ではない。

それを判別できないままに食事は終わり、クレメンスは部屋にアンネリーゼを誘った。早く二人きりになりたがっているような気配に、アンネリーゼもドキドキする。とんだ邪魔が入ったが、二人が結ばれた後の、ようやくの逢瀬だ。

契《ちぎ》った後にすぐにクレメンスは仕事で外に行ってしまったから、その帰りをずっと待ちわびていた。

クレメンスはアンネリーゼを応接室に通すと、その前でひざまずいた。手を取って、あらためて言われる。

「アンネリーゼ。君が『あの子』だとわかって、とても嬉しい。君の姿が、僕の脳裏にずっと灼《や》きついていたんだ。初恋の子だったと言っても、過言ではないと思う」

——初恋の子？

その言葉に、ドキドキが大きくなる。

「私にとっても、あなたは初恋の相手よ」

息も絶え絶えになって、アンネリーゼは言ってみる。

のぞきが見つかったあの日、クレメンスに強く抱きしめられた。

アンネリーゼにとって、忘れられない強烈な記憶だった。美しいピカピカの離宮に、キラキラと輝く王子。一夏の、切なさを伴う甘い記憶。

鼻孔《びこう》の奥に、あの日の離宮の庭の木々の匂いがよみがえる。ぴちぴちと跳ねて、陽の光を跳ね返していた魚の腹の美しさも。

「だけど、……あなたは、……『あの子』を探してはいなかったはずよ」

その気になれば、すぐに探し当てることができたはずだ。だけど、それはしなかった。

「そう。『あの子』を探してはいなかった。もう『あの子』は『あの子』のままではないと、諦めていたんだ。だけど、『あの子』の面影が不意に君と重なったとき、……何だか、魂のおののきを覚えた。どうして僕にとって『あの子』が特別なのか、この際だから、その話をしてもいいかな？」

クレメンスの声が、少し苦しそうにかすれた。

いつでも余裕綽々《よゆうしゃくしゃく》として、何でも器用にこなす、まばゆいばかりの美しい王子。そんなふうに見えていた彼だが、意外と努力家なのも、この離宮にいる間に知った。

そんなクレメンスの、生の感情に触れてみたい。

「もちろんよ」

「変なことを言って、君が僕のことを嫌いにならなければいいけど」

そんなことを言って、心配そうに眉を寄せるから、余計にきゅんきゅんする。

「私があなたのことを、嫌いになるなんてないわ」

「そうかな」

「そうよ。……たぶん。たぶんだけどね。絶対ってことはないけど」

「心配させないでよ。だけど、……あのときの話をしよう。十年前。僕が、君の中に『理想』を見つけ出したときのこと」

——理想。

その言葉に、アンネリーゼの心臓は、不安もあってキュッとする。いったい、自分の何が彼の理想だったというのだろうか。

「あのころ、僕は何も知らなくて、……女性が怖いくせに、その身体には人一倍興味があるという矛盾した状態だった。君に誘われて、露天風呂で女性の裸を目にしたけど、……現実に目にしたそれは、思っていたほど僕に衝撃を与えなかったんだ。……だけど、そんな僕の目に次に飛びこんできたのは、ずっと男の子だと思っていた遊び相手の、清楚で淫らな胸元だった」

クレメンスの声は、宝物について語っているような特別な響きを帯びている。

クレメンスはアンネリーゼの手をぐっと握り、熱っぽく訴えてきた。

「君に助けられて露天風呂から逃げ出したものの、途中で戻ったって言っただろ。そのとき、服を剝がされた君の胸元を見た。とても綺麗な身体だった。特に、かすかに膨らみかけた乳房に、魅了された」

アンネリーゼの戸惑いが大きくなる。

やけに恥ずかしい。いたたまれない。

今よりももっと乳房は膨らんでおらず、男の子とさして変わらないような裸だったはずだ。

クレメンスに握られている手まで、どくんどくんと脈打っているような気がした。彼は何を言うつもりだろうか。アンネリーゼがずっと隠してきた秘密を、もしかしてすべて承知しているとでも言うのか。

不安に息もできなくなる。それでも、クレメンスの口調にはそのことを責めるようなところはなく、むしろ賞賛の響きを帯びてきていた。

「その胸元を、……『あの子』がいまだに保っているなんて、知らなかった」

「……っ！」

決定的な言葉に、アンネリーゼはビクッと震えた。手を引こうとしたが、その手首をクレメンスが強く握り直した。その目で、ひたむきにアンネリーゼを見つめてくる。

「そのことをね。僕はハンガリアの王子と行った音楽会の後に知ったんだ。……あの日、庭で君と会い、話したのを、覚えていない？　暗闇の宮殿の庭で、君がコルセットを緩めるのを、手伝ったんだけど」

「あれは、あなただったの……！」

アンネリーゼは叫んだ。まさかあの貴公子が、クレメンスだったとは思わなかった。

クレメンスはくすぐったそうに肩をすくめて、上着の胸ポケットから何かを取り出した。

一瞬、何だかわからなかったが、クレメンスがそれを軽く揉んだから、思い当たる。

ふんわりとした綿を、布で包んだものだ。アンネリーゼがあの日、胸元に入れていた詰め物――。

「……なんで、あなた、……こんな……もの……」

「拾ったんだ。君が去った後に、落ちていた。いつか返そうと思っていたんだけど、その機会がなくて」

クレメンスは自分のてのひらで、そっとその詰め物を握りこんだ。何度もそうしていたのだと思わせるほどに、指の動きはなめらかで、愛おしさにあふれていた。その詰め物は差し上げます、と言い出したいほどの仕草だ。

「え、……あ、……あの……」

アンネリーゼは言葉を失った。

詰め物をしていたことを知られたのも驚きだったが、クレメンスは先ほど、『あの子』の胸を、アンネリーゼがそのまま保っていると指摘したはずだ。

――知られてる……？

あのころの乳房と、今のアンネリーゼの胸は同じだと言いたいのだろうか。

顔から血の気が引いていく。

そんなはずはない。あのころよりは、少しは大きくなったはずだ。昔がほぼ平坦だとしたら、今はかすかにてのひらをお椀型にするぐらいにはなっている。

だからこそ、アンネリーゼは憤慨《ふんがい》した。まずは、その認識を訂正してもらいたい。

「……昔と今は、だいぶ違うのよ。もっと、……ずっと……」

大きくなったの。

そう主張したかったが、平らなものがたわわになったのならともかく、今でもささやかなのは変わらない。そう思うと、抗議の声も力を失う。

それ以上に、クレメンスがずっと隠していた胸の秘密を知っていたことをどう受け止めていいのかわからない。

「殿下は、……私の、……胸のことをご存じだったのですか」

まずは、そこを問いただす。

必死になって隠していたのは、いったい何だったのだろうか。

アンネリーゼの顔色が変わったのを感じ取ったのか、クレメンスは立ち上がりながらアンネリーゼの手をなおも離さず、指にキスしてから、ひたむきに視線を向けてきた。

「君の胸元を見たことが、……僕にとっての性の目覚めだった。かなり距離はあったはずだが、その肌の匂いまで感じ取れる気がするぐらい、鮮明に記憶に刻みこまれた。思い出すたびに身体が熱くなって、何だか落ち着かなくなったから、……最初は忘れようとした。……だけど、忘れられなかった」

クレメンスはアンネリーゼから視線を外さずに、言葉を継ぐ。

「『あの子』のことを思い出すたびに、苦しいような甘酸っぱい気持ちになった。……僕にもそれなりに縁談が来るようになったんだけど、性の知識も得て、結婚を考えるようになったとき、僕がいつでも餓《う》えるように考えるのは、『あの子』のことだった。あの胸元に顔を埋めてみたい。それが、……僕の一番の……ごまかしようのない性的な願いだった」

「……え」

アンネリーゼは混乱した。

今、クレメンスは何と言ったのだろうか。

——胸元に、……顔を埋めてみたい？　あの子の……？

クレメンスが知っている『あの子の胸』というのは、男の子とさして変わらないぐらいの、平坦なものだ。今でも、変わらないといえば変わらない。ということは、クレメンスはたわわな胸ではなくて、平らな胸が好きだということなのだろうか。

「殿下はもしかして、たわわな胸派ではないのですか？」

クレメンスはその質問に、苦悩に満ちたため息をついた。

「エースタライヒ王国の女性はほとんどが例外なく、たわわな胸を持っている。残念ながらそれは僕の理想とは、かけ離れているんだ。何度もたわわを好きになろうと努力してみたが、性癖は努力では変えられない」

きっぱりと言いきられる。無自覚のうちに、クレメンスの性癖を自分の胸がねじまげていたと知って、アンネリーゼは度肝を抜かれた。

「だけど、ついに君を見つけたからね。宮殿の庭で。……君の胸に、僕は一瞬だけ触れることができた。自分が触れたものが何だか、最初はわからなかった。だけど、君の胸から落ちた詰め物を見つけた。あのときの僕の気持ちがわかるか？　女神に会ったと思った。さらに、『あの子』が君だとわかった瞬間、僕がどれだけ運命を感じたか」

ひどくクレメンスは興奮していた。

あの夜が、そんな衝撃をクレメンスにもたらしたなんて、アンネリーゼは知るよしもなかった。詰め物を落としたことにすら気づかずにいたし、胸を脇腹と二の腕と言い放ってもわからない無礼者だと、腹を立てていたのだ。

「あの香水の匂いは、今のあなたのものとは違っているわ」

「香水はいくつもある。……君の胸が理想なんだ。そのことを、わかってくれる？」

ようやく、クレメンスがハンガリアの王子に熱弁していた『理想の胸』がたわわな胸のことではなく、自分のささやかな胸を指すのだと理解できた。

――だったら、最初から隠す必要は、なかったってこと？

隠すために、頑張った。

それらがすべて無駄だったのだとわかると、アンネリーゼを励ました侍女のことが気になってきた。

「もしかして、……あなたの、……侍女も、……あなたの趣味を、……知っているの？」

クレメンスは申し訳なさそうに、視線をそらしてうなずいた。

「侍女から話を聞いた。誤解があるようだと。君にさりげなく、僕の趣味のことを伝えようとしたようだ。だが、君は頑なに隠し通そうとしているようだから、そのつもりで臨んでほしいと言われていた。君のやりたい通りにすれば、万事うまくいくはずだから、と。僕としても、君がそこまで隠そうとするのが、……僕への愛の表明に思えて、……伝えようにも伝えられなかった。努力する君が愛しかった。胸に触れない苦悩で、死にそうになってはいたけど」

その言葉に、アンネリーゼは呆然を通り越して、思考停止するしかない。

――信じられない。

隠すためにしてきたことが、いろいろ思い起こされる。

最初のときにはクレメンスの手首を縛ってベッドに固定させてもらったし、その次のお風呂でのときには、乳房に触れられないように乳首だけ触れてくれるようにお願いした。

だけど、クレメンスは全部知っていたのだ。

――それって、……恥ずかしすぎて、死ぬって事態じゃ……。

そう思ったのと同時に、一気に顔が真っ赤になる。

その様子を見て取ったのか、クレメンスは慌てて言った。

「もちろん、君を笑うような気持ちは、ひとかけらもなかった。君が僕に好かれようとして、胸に触れられまいとしているけなげさが、たまらなく愛おしかった。それを思うと、僕の苦しさも紛らわされた」

「……苦しいって、……どうして」

クレメンスはうめくように答えた。

「君に、……触れられなかったんだ」

「え」

「大好きで、ずっと焦《こ》がれてきた君と、肌を合わせているというのに。かなうことなら、可能な限り触れて、触って、揉んで、舐めて、……たっぷりとその感触を味わいたかった。いや、触れる前に、脳裏に刻まれたあの神秘の造形を、じっくりと舐《な》めるように鑑賞したかった。なのに、……それが、……ずっとかなわずにいたんだ」

身を引き絞るような叫びだ。

そこまで自分の胸に執着されているという実感が湧かずにいただけに、アンネリーゼは圧倒されるしかない。

クレメンスは目が合うと、一瞬だけ後悔したような顔をした。だが、もうこうなってしまったからには仕方がないと開き直ったのか、情熱のみなぎる目でアンネリーゼを見据《みす》えてくる。

「今日こそ、……思う存分、触れさせてくれ。……君の、奇跡の造形に」

その告白に、心臓が止まりそうになる。

「そ、……そこまですごいものではないと、……思いますけど」

ひるんだ弾みに、少し引いてしまった言葉づかいになる。

「そうかな?」

「た、たぶん」

「じゃあ、君の言う通りかどうか、まずは確かめるから、触らせてくれる?」

どのみち、触れずにはいられないらしい。

アンネリーゼは腹をくくることにした。ずっと、胸の秘密について隠し通さなければならないと思ってきたが、そうではなかった。こうなったからには希望をかなえるしかない。ためらいながらうなずくと、クレメンスは立ち上がった。応接室からクレメンスの寝室に移動した後で、大きなベッドの横に立ったクレメンスが、震える手をアンネリーゼの胸元に伸ばしてくる。

まずはドレスの上から、胸にそっとあてがわれた。布何枚か越しに感じるてのひらの感触に、アンネリーゼはすくみ上がる。

少し前まで、こんなふうに胸に触れられることはアンネリーゼにとって破滅を意味していた。だが今のクレメンスにとっては、それはとんでもなく嬉しい行為らしい。

こんなに布地を介していても、軽くてのひらを上下に動かされただけで、アンネリーゼはすくみ上がる。クレメンスは胸のラインを完全に感じ取ろうとしているのか、何度もそこをなぞった。

こんなふうにてのひら全体で胸元をなぞられるのは、とても新鮮だ。ずっと乳首ばかり、ピンポイントで刺激されてきた。

あまりにもクレメンスが感動しきったような顔をしているので、触ってみた感想を尋ねてみる。

「いかがですか？」

クレメンスは胸元から手を離さずに、熱く息を吐いた。

「最高だ。直接、触ってもいいかな。……いや、まずは観察したい。じっくりと、……時間をかけて」

それがクレメンスの長年の夢だったようなので、アンネリーゼは観念してうなずくしかなかった。

クレメンスがアンネリーゼの背後に移動し、ドレスの背中の紐を外した。宝物を取り出すみたいに、アンネリーゼの服が乱されていく。

ドレスを脱がされると、その下に着ていた夜着一枚だけの姿となる。その夜着も脱がされてしまった。

何一つまとわない姿となったアンネリーゼに、クレメンスが熱く視線を注いでくる。ことさら視線を感じるのは、胸元だ。ずっとクレメンスに隠し通してきた、なめらかな曲線。

視線を感じたことで、乳首がつんと尖《とが》り始めた。そこをこんなにも感じるようにしたのは、クレメンスだ。胸ばかりいじられていたのには、やはり理由があったのだ。

寝室の中にあるのは、柔らかな光を放つランプが一つだった。その光に暴《あば》かれて、敏感になりすぎた肌がチリチリする。

アンネリーゼ自身は、見られるよりも見るほうが好きなのだ。クレメンスのように美しい相手を。

だから、こんなふうに見られてばかりなのは、落ち着かない。

やはり恥ずかしくて、アンネリーゼはぎゅっと目を閉じた。だけど、そうしたことでより胸に感覚が集中してしまい、乳首がきゅっとさらに固く凝《しこ》った。

「……見ないで」

だんだんと、いたたまれなくなった。そこを見られるのは、胸が大きい小さいに関係なく、羞恥心が刺激される。

「すごく綺麗だ。夢見ていた、君の胸。神秘的な陰影。愛らしい小さな尖り、すべてが奇跡の造形のように思える。僕の記憶の中のものよりも、もっと感動的で、素晴らしい。これに出会えて、僕がどれだけ感動しているか、わかる？」

賞賛に満ちたつぶやきに、アンネリーゼはホッとした。どこをどう評価してくれているのかよくわからないが、どうやら合格のようだ。

目を開けてみる。

クレメンスの表情は、宝物を前にしたときのように輝いていた。目が見開かれ、唇がほころんでいる。そんな表情をしたクレメンスはいつもより遙かに綺麗で、まばゆく見えた。その顔に見とれていると、目が合った。クレメンスは嬉しそうに、なおも微笑みかけてくれる。

そのきらびやかな美しさに、アンネリーゼは気が遠くなりそうだった。しかも、クレメンスがそんなにも嬉しそうなのは、自分の胸のおかげなのだ。

自分の胸に、それほどまでの高評価を受けたことはなかった。それだけに、クレメンスの賞賛が何より嬉しい。じわじわと自信が生まれてくる。

——何かね。ずっとモテないって思ってたけど、結局はたった一人にモテればいいのよ。それを思えば、私たちってぴったりなんじゃない？

何より相手は、ずっと片思いしていたクレメンスだ。憧れていただけの相手との関係が、こんなふうに帰着するとは思っていなかった。

社交界に出てからというもの、エースタライヒ王国の男は皆、たわわな胸しか好きではないのだと、実感させられる日々ばかりが続いていたのだ。だが、例外もあったらしい。

その例外が、他ならぬクレメンスだと思うと、この奇跡にアンネリーゼは感謝せずにはいられない。

「奇跡は、あなたがこの造形が好きだということよ」

クレメンスはこれ以上取り繕いようがないほど幸せそうな笑顔になってさらにおねだりしてきた。

「眺められるだけで、幸せだ。一日中、ずっと見ていたいほどだけど、次の欲求をかなえずにはいられない。——直接、触ってもいいかな」

あまりにも切実そうに口にするので、アンネリーゼは笑ってしまう。

「……いいわよ」

見られていることで、乳首がむずがゆくなっていた。

クレメンスの手が、そっと胸元まで伸びてくる。今度は服越しではない。そのてのひらの感触を直接肌で感じ取って、ぞくっとした生々しい刺激が背筋を走る。

クレメンスはようやく手にした宝物を十分に堪能しようとするように、慎重にてのひらを動かして、乳房全体の弾力や柔らかさを味わってきた。

「っん……」

そんなふうにされると、尖った乳首がことさら刺激される。クレメンスはなかなか手を離さなかったから、てのひらで探られてばかりいると、焦《じ》れったさで死にそうだ。

「奇跡の感触。……これも、想像を遙かに超えた感動だ。特に、てのひらに当たる感触と、最高の柔らかさがたまらない」

「っん、……っ」

思わず声が漏れた。

そんなアンネリーゼの肩を摑み、一度手を離してから、クレメンスが言ってきた。

「今日は、僕が思うように触れてもいいかな。ずっと、ここに思う存分触りたくて、おかしくなりそうだった」

これほどまでに胸に触れたくてたまらないクレメンスを、自分がどれだけ焦らしてきたのかと思うと、アンネリーゼは笑ってしまう。

おねだりする目がとても愛らしかったから、うなずくしかなかった。

すると、クレメンスは両手をアンネリーゼの肩に乗せて、いきなり胸元に顔を埋めてきた。

「……っ」

狼狽する。だが、次の瞬間、これがクレメンスのしたかったことだと納得した。

頬で膨らみをそっとなぞってから、その頂でつんと尖った乳首を堪能するように反対側の頬でなぞる。そんなふうにされると、乳首が刺激されてぞくぞくと身体が疼《うず》いてしまう。

クレメンスは両方の胸で、その作業を繰り返した。

「っ、ん！」

ことさら乳首ばかりが刺激される。顔面で摩擦され、押しつぶされる乳首は、ひどく甘く疼いてたまらない。

さらにビクンとアンネリーゼの身体が跳ね上がったのは、予期しないタイミングで乳首に生温かい刺激が走ったからだ。

「つぁ、……んぁっ！」

——舐め……られてる……！

極限まで尖った乳首は、ぬるりと舌先で押しつぶされて、たまらない甘さを全身に広げた。ちゅ、ちゅっとキスの音に合わせて乳首が吸い上げられ、そのたびにさらなる快感が走り抜ける。

円を描くように舌が動いた。

小刻みにそこで舌先を動かされると、ざわざわと快感が広がる。

乳首から流れこんでくる濃厚な快感に、アンネリーゼはのけぞってあえぐことしかできなかった。

反対側の乳首にもクレメンスの指が伸びて、大切そうに親指の腹でくりくりと転がされた。それから、そっとつまみ出され、指の間で押しつぶされる。

クレメンスの唇と指から、絶え間なく流しこまれてくる濃密な快感は、長く続いた。それを受けて、身体が溶け落ちていく。

特に甘い感覚を宿すようになったのは、下肢だ。花弁《かべん》が濡れ、乳首からの快感に呼応して、そこがじんじんと疼いてくる。

「っあ、……は、……んぁ……っ」

クレメンスは幸せそうに、胸元に顔を埋めていた。その感触をたっぷりと顔面全体を使って感じ取りながら、乳首を特に刺激して、アンネリーゼを感じさせていく。乳首を刺激されるのにも感じたが、乳房全体を堪能するようなクレメンスの愛撫《あいぶ》に、身体が熱くなっていく。

ちら、と見えたクレメンスの表情は、たまらない幸せに満ちているように感じられた。

「すごく……悦《い》いよ、君のこの……柔らかさ。……ここに思う存分触れられるなんて、……僕は天国にいるようだ」

「死んじゃわないでね？」

あまりにも魂を飛ばしているようだったので、念のため言っておく。

うなずかれてから乳首を吸われ、舌先で引っかけられて弾かれると、ぞくぞくと肌が粟《あわ》立《だ》った。

「っん、……ン、……っん……」

舌の動きに合わせて、身もだえるような快感が流れこんでくる。

唾液《だえき》で濡れた乳首が、やけに尖っているのが目についた。それを執拗《しつよう》に指や舌で押しつぶされ、転がされると、立っているのが困難になってくる。

「クレメンスさま」

ただ名を呼んだだけだったのに、そこにこめられていた切実な願いを、クレメンスは鋭く察したらしい。

「ああ。……ベッドに行こう」

アンネリーゼはベッドの中央に仰向《あおむ》けに寝かされた。続いてベッドに上がってきたクレメンスによって、肩の下にクッションが敷きこまれた。そんなふうにされると、胸元がのけぞる形となる。

「可愛いね。この二つの可憐な突起を、いつまでも舐めていたくなる。舐めるたびに、君が身じろぐのにも、たまらなくそそられる」

そんなふうに言った後で、あらためてクレメンスがそこに顔を落としてきた。すでにたっぷりと刺激されていたのだが、まだまだ満足してはいないらしい。

先ほどとは反対側の乳首に唇を落とされながら、唾液で濡れたままの乳首を指先で転がされる。

「っぁ、……っんぁ、あ、あ」

乳首をクレメンスは小刻みに吸い上げた。尖った部分に軽く歯を立てて、引っ張っては唇を離す。その動きに合わせて、指で反対側も軽くねじられた。左右それぞれの違った刺激に、身体の奥からとろりと蜜があふれていく。

クレメンスのものをここに入れられたときのことが、濃厚によみがえってくる。あの後、中が疼いて、濡れているような感覚がつきまとって大変だったのだ。そのたびに、クレメンスとのことを思い出して、一人で赤面した。

胸元から顔を上げたクレメンスが、アンネリーゼの膝をてのひらでそっと包みこんだ。

「こんな顔、するんだな」

「え」

「ずっと、暗闇だったから、あまり君の表情が見えなかった。……最大限、君を感じようとはしてみたけど。だけど、今はこうしているときの君の反応を全部見ることができて、とても嬉しい」

「それは、……私もよ」

クレメンスに胸元を凝視されたり、触られるのはとても恥ずかしかったが、彼がどれだけ自分のことを愛しく思ってくれているのか、その表情がつぶさに語ってくれる。

――それに、どれだけ胸が大好きなのかを！

ようやく胸を愛撫するのに満足したらしく、クレメンスの手が膝を開かせてくる。足の間の濡れた部分が、外気に晒された。そこを見られていると思うと、余計に意識してしまう。

きゅっと眉を寄せたアンネリーゼの前で、クレメンスが性急に服を脱ぎ始めた。

だんだんと露《あらわ》になっていく彼の身体を、アンネリーゼはうっとりと眺めた。綺麗に筋肉のついた、若い身体だ。傷一つないなめらかな肌に、くっきり筋肉の筋が浮かんでいる。

だが、服を脱ぎながらもクレメンスはずっとアンネリーゼのほうに視線を送っているから、落ち着かない。ランプは遠かったが、互いに夜目が利くようになっている。

今は仰向けにされていたが、背中にクッションが敷きこまれたせいで、少しのけぞった形になっていた。

こんな格好をすると、胸はあるように見えるのか、ないように見えるのか、アンネリーゼにはよくわからなくなる。ちらっとそのあたりに視線を向けてみたら、なかなかいい感じに陰影があったので、少しだけ安心した。

だが、クレメンスが服を脱ぎ終わり、アンネリーゼの足の間に身体を入れてくると、また落ち着かなくなる。花弁にその昂《たか》ぶりが押し当てられた。その先端を感じ取っただけでも、ぞくぞくと身体が疼く。

その硬い太いものでなぞられることによって、自分のそこがどれだけ濡れているのかを意識した。

「……っ」

その硬い肉が柔らかな粘膜と擦れるたびに、ひどく生々しく身体に響く。

切っ先はぬるつきを塗りつけるように動いた。狭間をなぞってくるから、潤んだ蜜壺《みつつぼ》にあと少しで入りそうで、どうしても中に力がこもる。

そうすることで、ますます蜜が押し出された。

「っぁ、……は、……ん、ん……っ」

欲しがるようにひくつくアンネリーゼの反応に、先に降参したのはクレメンスのほうだ。

「入れても、……いいかな?」

かすれた声でねだられて視線を上げると、切羽《せっぱ》詰まった顔をしているクレメンスが見えた。

「君のここ、すごく気持ちがよくて」

上擦った声での艶《つや》っぽいおねだりに逆らえるはずがなく、アンネリーゼはうなずくことで返事に代えた。

膝を抱えこまれ、切っ先をピタリと入り口に押し当てられる。入れられるのに慣れてなくて、まだ少し怖い。強くなっていく圧力に、アンネリーゼは息を詰めた。

そのままぐっと押しこまれそうになったが、襞が引きつって拒む。

「……っ」

痛みが強くなって腰を引くと、それに合わせてクレメンスも腰を引いた。だが、角度を変えて、もう一度試してくる。今度はぬるりと、その先端が体内に入りこんだ。

「……あ……っ！」

ひどく滑りながら、挿入される生々しい感触に、反射的に締めつけたものの、すでにくさび形の先端に体内を大きく押し広げられていた。たまらない存在感に、息が乱れる。クレメンスはそのまま少しずつ、アンネリーゼの中に押しこんだ。

「……は、……はぁ、……あ、……あ、あ」

記憶していたものよりも、それはより大きく感じられる。

「っぁあ！」

身体の中心に、太いものがギチギチに、隙間なくはめこまれる。クレメンスの身体の一部は、ひどく熱くて硬かった。締めつけるたびに、アンネリーゼの襞を跳ね返す。

「は、……は……っ」

「痛くない?」

途中で気遣って尋ねられたが、アンネリーゼはうなずくだけでやっとだった。

ようやく、全部入ったらしい。

クレメンスはそこでしばらく動きを止めてくれる。

おかげで、少しずつ身体が馴染んでいく。ひくひくと襞が絡みつき、その存在を確かめようとするように締めつけては緩む。

不自然に入っていた力が少しずつ抜けて、じわりと快感がにじみ出した。

そのことを、クレメンスはアンネリーゼの襞のうごめきから感じ取ったらしい。

「動いてもいいかな?」

互いに切羽詰まったこの状況で、拒めるはずがない。

「……ええ」

うなずくと、クレメンスのものが柔らかな襞を押し広げながら、ゆっくりと抜き取られた。襞全体がその大きなもので刺激されて、体内の感覚がかき乱される。

腰から広がっていくのは、どこか覚えのある快感だった。イクときの濃厚な快感を、今は薄めたものでしかない。だが、それが積み重なっていけば、あの頂点にまでたどり着けるのだと既に知っていた。自然と、快感ばかりを意識で追いかけるようになる。

「は、……んぁ、……は、……は……は……っ」

クレメンスのそれは抜け落ちることなく、また奥まで入りこんできた。

それに押し出されて、濡れた息が漏れる。

ゆっくりとした動きを続けながらも、クレメンスの手はまたアンネリーゼの胸元に伸びてきた。

のけぞってしまったために、やはりその胸元のボリュームはかなり曖昧なものになっている。だが、クレメンスはそのささやかな存在に心を摑まれたままなのか、てのひら全体で大切そうになぞってくる。

そうされるたびに、てのひらと乳首が擦れて、じわりと快感が湧き上がった。

つながっていると、乳首からの刺激がことさら身体の芯まで響く。たっぷりなぞられた後で、乳首をきゅっとつまみ上げられた。

そのときにぎゅっと締めつけたのが悦《よ》かったのか、クレメンスの手はそこから離れなくなる。だんだんと腰の動きを速くしながらも、くにくにと乳首をいじり回すのを止めない。

「っあ、……あ、……っぁ、あ……っ」

馴染みのある感覚が、乳首をいじられることで性急に腰のあたりを満たした。クレメンスの熱楔を搾り取るように、ひくひくと襞がうごめき始めている。大きなものをぎゅっと締めつけるたびに切ないような感覚が広がって、アンネリーゼの呼吸が上がっていく。

そんなアンネリーゼの状態は、つながっているクレメンスにも如実に伝わっていたらしい。

「イきそう？」

うなずくと、クレメンスは少しだけ身体を下にずらした。

わずかな動きであっても、中の角度が大きく変わる。刺激がなかった襞を強烈にえぐられることになって、悲鳴のような声が漏れた。

「っぁあ！」

だが、ぐっと息を呑《の》んだのは、乳首に噛みつかれたからだ。

歯による硬質な刺激が、今の感じきったアンネリーゼにとっては、たまらない刺激となった。かすかに混じる痛みは、快感を底上げすることにしかならない。

乳首をしっかりとくわえたまま、クレメンスは中を激しく突き上げてきた。

「あっ、んぁ！」

動きのたびに、乳首からちりちりと刺激が広がる。

突き上げられて身体がのけぞり、乳首に歯が食いこんだ。それが気持ちよすぎて、うめくような声が漏れる。何度も突き上げられて、下肢で大きな快感が弾けそうだ。それでも、必死に我慢しようとしてしまう。まだイクのが、怖いからだ。

「――ひ、ぁ、……っぁあああ……っ！」

深くまで突き上げられることで、一番奥のほうまでクレメンスの切っ先が届いた。

その衝撃に、襞《せき》がわななないた。さらに痛いぐらいに乳首を吸い上げられ、それが刺激となって、ついに堰が切れた。

「っひ、ぁ、……っぁあああ……っあ、あ……っ！」

ガクガクと身体を震わせながら、アンネリーゼは絶頂に達する。

どこか空の遠いところに、放り出されたようだ。まともに息ができずに、苦しい。

どうにか息を吸いこんだとき、クレメンスがアンネリーゼの身体を強く抱きしめながら、その奥で出しているのが感じ取れた。

「はぁ、……は……ん、ぁ、……は……」

――入って、……きてる……。

熱いものを、奥で感じ取る。その感触にぞくぞくと震えている間に、飛んでいた感覚が少しだけ戻ってきた。

クレメンスが中で入れ直したのが、不意に生々しく感じ取れた。

「っあ」

「ごめん。これだけでは収まらない。……続けても……いいかな」

ねだるように尋ねられ、その愛しい声の調子に断ることなど考えられない。

どうやって続けるのかと思いながらも、曖昧にうなずいた。

「いい……けど」

「すまないけど、少し起きてもらえる？」

息が整うのを待って、クレメンスに手首を引かれ、背中を支えられながらアンネリーゼは上体を起こした。

自分の体重によって、クレメンスのものがより体内深くまで食いこんでくる。クレメンスの腰をまたぐ体位だ。これだと、まだ体内にあるクレメンスのものの存在感を一段と感じ取ることになり、アンネリーゼは落ち着かずに身じろいだ。

クレメンスのほうは、ベッドに仰向けになっている。アンネリーゼの上体を支えるように、両手で胸を包みこみながら言ってきた。

「僕が好きなのは、君の可愛い胸をたっぷりと眺めて、感じることができる、この体位かもしれない」

そんな言葉と同時に、きゅうっと乳首を指の間で絞り上げられた。イったばかりだったからか、そこは敏感に凝っている。もっともっと、刺激されたいと思ってしまう。

クレメンスが好きだと言ったこの体位は、以前、侍女がアンネリーゼに禁忌《きんき》だと伝えた体位だとふと気がついた。なぜなら、これだと胸が小さいのを知られてしまうからだ。

——だけど、……クレメンスさまはこれがいいって……。

アンネリーゼはクレメンスの顔をのぞきこみながら、少しだけ上体を前に倒した。胸元にあてがっていた手に胸の重みがかかったからか、クレメンスが嬉しそうな顔をするのが可愛い。

どれだけ、アンネリーゼの胸が好きなのか、思い知らされる。

何だかすごく気が楽になったのと同時に、この愛しい相手を喜ばせたくなった。

「でしたら、……次は私が、……動いて、……みるわね」

達した衝動が少しだけ落ち着き、腰に力が戻ってきている。アンネリーゼはクレメンスを見下ろしながら、自分から腰を動かすことに決めた。

まずは、クレメンスの腰の左右に膝をつく。身じろぐたびに、襞と中にある彼のものがひどく擦れた。そのたびにいちいち息を呑みながらも、どうにか体勢を整える。

胸元はクレメンスが両手で支えているから、少し前屈みになっている。

その格好で、そろそろと腰を上げた。

「……っ」

自分で動くと、中にあるクレメンスの形や存在感をことさら感じ取れる気がした。中はぬるぬるで、動くたびに何かがあふれ出すような感覚がある。

かなり腰を上げても、クレメンスのものは長いから抜け落ちることはない。ゆっくりと

腰を落としていくにつれ、切っ先に襞を割り開かれる感触に甘い息が漏れた。

最初はぎこちない動きしかできなかったが、クレメンスは愛しげに胸をなぞりながら賞賛する。

「上手だよ。すごく、……気持ちがいい」

その言葉に励まされて、アンネリーゼはさらに腰を動かした。

胸元に添えられたクレメンスの手に重みがかかるたびに、その感触がいいのか、蕩《とろ》けるような顔をする。

それが可愛く思えたから、アンネリーゼはあえてそうなるようにして、ゆっくりとリズムを刻んでいく。

「っん、……ン、ん……」

中の襞と、クレメンスのものが擦れることで、ぞくんと甘ったるい快感が湧き上がる。これがアンネリーゼを満たすのと同時に、クレメンスにも快感を与えているに違いない。

腰を動かすにつれ、だんだんとどこに擦りつけると気持ちがいいのかわかってきた。次第に、そこにあたるように腰を使うようになる。

最初のうちはそれでも淡い刺激だったが、途中でじわっと痺《しび》れるほど感じるところを見つけた。息を呑まずにはいられないほどのその快感をもっと味わいたくなって、アンネリーゼの腰の動きは淫らになる。

クレメンスもそんな動きに加勢するように、不規則に下から突き上げる動きを加えてきた。

「っあ、……ぁああ、……あっ、ん、ん……っ」

快感に息が乱れる。

クレメンスはアンネリーゼの胸をてのひらでたっぷり堪能するかたわら、固く凝った乳首をくりくりと転がしてきた。

乳首からの快感と中での快感が混じり合って、アンネリーゼは何かに取り憑《つ》かれたように、淫らに腰を揺らしてしまう。

「っは、……んぁ、……は、は……っ」

だんだんと息が切れ、感じすぎて動けなくなってきたが、その代わりに下からたくましく突き上げてきたのはクレメンスだ。

深くまで入ってくる感触に、腰が浮き上がる。クレメンスの動きに合わせて腰を下ろすと、バシンと強烈な刺激が走った。

「っひ！」

目もくらむような快感に、思わず腰が逃げそうになる。だけど、この体位では逃げ場はない。くりくりと乳首をいじられながら、立て続けに突き上げられるしかない。

「っぁ、……あ、あ、あ……っ！」

また、次の絶頂が来る。

その予感に、ガクガクと腰が痙攣《けいれん》してきた。

動けなくなっても下から突き上げられ、身体を深くまで押し開かれる快感にのけぞる。

ぎゅうっと中に力が入った。

「っあ！」

とどめのように深く押しこまれ、ぞくっと身体が深く痺れた。がくがくと、クレメンスの上で痙攣する。

密着したクレメンスのものが自分の中で膨れ上がるのを感じた直後に、熱いものを深くに浴びせかけられた。

「あああ……！」

襞が溶けたように熱くなり、頭の中が真っ白に灼ききれる。

今度はなかなか意識が現実に戻らない。

快感が深ければ深いほど、その後の余韻も深かった。

〔七〕

離宮は活気に満ちている。

冬に入る前に、温泉パイプによる暖房を再整備したいとアンネリーゼが希望したからだ。どうにかパイプを調達できたので、可能な限りの職人をかき集め、急ピッチで工事が進められている。

それを現場で監督していると、騒音の中で不意に声がかけられた。

振り返ると、近づいてきたのはクレメンスだ。思いがけない訪問に、アンネリーゼは目をみはる。話ができるように少し離れたところまで移動しようと、手で指し示した。

二人で向かった先は、この離宮の美しい庭のあちらこちらにあるあずまやだ。

綺麗《きれい》なレース状になった大理石の隔壁に囲まれたあずまやの、椅子の一つに腰を下ろす。向かいに腰掛けたクレメンスが、感動したように口を開いた。

「冬までに間に合いそうだな。母がとても喜んでいた」

「大丈夫よ。王妃さまが滞在される部屋は、冬でもとても暖かくなるわ」

暖かな部屋で、十分に療養してもらいたい。王妃は今はさして身体に問題はないそうだが、宮殿での行事が一段落したときにここでのんびり過ごすことが、何よりの楽しみらしい。

アンネリーゼは一度宮殿に出向いて、クレメンスの両親である国王と王妃に挨拶《あいさつ》していた。とても緊張したが、二人ともにクレメンスのことは深く信頼しているらしい。クレメンスが選んだ人なら間違いはないはずだ、と、快くアンネリーゼを受け入れてくれたことが記憶に残っている。

――それに、ね。王妃さまは、……以前、会ったことがある人だったのよ。

十年前、アンネリーゼが男の子の格好をして、この離宮を探検していたときに、幾度となく顔を合わせた相手だった。離宮のことについてアンネリーゼが詳しいのを知ったその人は、いろいろと尋ねてきた。

自然と話が弾み、幼いアンネリーゼはその人にお茶に招待されることを、ひそかに楽しみにするようになったのだ。

――今、思い出してみると、クレメンスと仲良くしていたから、さりげなくどんな子か、王妃さまに探られてたのよね？

そんなにも身分が高い人だとは全く思わせない、柔らかな雰囲気を持つ人だった。

アンネリーゼはすぐに王妃のことを思い出したが、王妃がアンネリーゼのことを思い出してくれたのかはわからない。だけど、一瞬、ハッとしたような顔をされたから、もしかしたら、十年前のあの子だと知られたかもしれない。

――まぁ、……私の正体が知られているなら、……取り繕う必要がなくて、いいことだわ。

しばらくは猫をかぶるつもりだが、そういうのはあまり得意ではないから、すぐに素を知られてしまうだろう。

クレメンスとの婚約が成立してからも、アンネリーゼは何かとこの離宮に足を運んでいる。補修の仕事が終わっていないからだ。もはやクレメンスの前で隠す必要がなくなったので、そのときの衣装は、以前も見られた軽装だ。兄のお下がりの服をそのまま着こんだもので、胸元はぺたんこで、茶色の長衣にスラックス姿。

動きやすくて、最高だ。いずれ宮殿でも、コルセットなしのドレスを流行させたい。そのための計画を、クレメンスと練っていた。

「どうしたの？」

来訪の理由を尋ねると、クレメンスは口を開いた。

「ああ。結婚式の日程が決まったことを知らせにきた。その後の、式典の予定も。……春になってからだが、それまでに宮殿内の新居の準備もするか？　君の手が回るかな」

「まずはここを優先するわ。冬までには終わるから、冬場に新居の準備をしましょうか」

「そうだね。あまり忙しくして、君が体調を崩しても困るし」

たった三日しか離れていないのに、クレメンスがアンネリーゼを見るまなざしはとても熱がこもったものだ。どれだけ愛されているのかが、その表情から読み取れる。

式の日程はだいたい決まっていたから、それを知らせるというのは単なる理由付けに過ぎないのかもしれない。ただアンネリーゼに会いに来てくれた、というのが正解だろう。

じっと見つめられて、こんなふうに付け足される。

「早く君と結ばれたい。……気ばかりが急いて、どうにもならない」

その甘い言葉に、アンネリーゼはじわじわと身体が熱くなっていくのを感じる。彼がどれだけ自分が好きなのか、思い知らされる日々だった。

——それというのも、全部、私の胸が好きだからだわ。

アンネリーゼの両親が、国王からの正式な結婚の通知をもらって、どれだけ仰天《ぎょうてん》していたのかも記憶に新しい。

——特に母さまが、大変だったわ。

アンネリーゼが行き遅れたら、自分の助手にすればいいと気楽に考えていた父とは違って、母はひどく気に病んでいたらしい。そんなアンネリーゼの、思いがけない玉の輿っぷりに、卒倒しそうな勢いだった。

だけど、これが夢ではないと知ると、アンネリーゼのために一生懸命婚礼準備を整えようとしてくれた。全部宮殿のほうで準備するから大丈夫なのだと伝えても、それでもドレスや装身具など、何かと選ぼうとしてくれる。アンネリーゼがそのようなものよりも、建築に関するものばかりに興味を持っていることを、自分のしつけが悪かったせいだと母は思っていたからだ。だけど、それを本気で止めた。

――だって、……体型を補正するドレスを着るのは、やめにするんだもの。

宮殿のドレスの流行は、一定のサイクルで回るらしい。王妃はそんなふうに言って、楽しそうに笑っていた。クレメンスは王妃も味方に取りこんだらしい。結婚式のドレスから仕掛けていくそうだ。

王妃がアンネリーゼを間近に招き寄せ、いたずらっぽく言ったことが心に残っている。

『私はね。この泣きぼくろが嫌だったのよ。不幸っぽく見えるから。だけど、陛下がこの泣きぼくろがたまらなく好きだとおっしゃってくださったから、それからは、とても好きになれたの』

アンネリーゼが社交界に出る前のことだが、泣きぼくろがひどく流行していたのを覚えている。自前のほくろがない貴婦人や令嬢は、つけぼくろをあつらえて、好きなところにつけたぐらいだった。奇妙な流行だと思っていたのだが、そんなのも王妃が仕掛けたのだろうか。

――えっ？　ってことは、……クレメンスは私の秘密について、王妃さまに話してるの?

そのことにぎょっとしたが、クレメンスは冷静沈着に見えて内心はとても熱い人だから、親にはその趣味も何もかもお見通しだったのかもしれない。

そんな親子の協力態勢に感謝しなければならないところだろう。

――お礼として、私はご両親の住まいを住みやすく改築するわ!

宮殿全体が、クレメンスの自室と同じように隙間風が通り、冬場はいくら暖炉を使っても寒いらしい。太陽の高さによっては室内で乱反射が起きて、とても過ごしにくいとも言っていた。そこをひそかに改築しようと、アンネリーゼは心に決めている。

「遠くからやってきて、疲れたでしょ。お茶にする?」

アンネリーゼはあずまやに侍女を呼び、お茶の準備をするように言いつけて、うっとりとクレメンスを眺めた。

クレメンスもうっとりとアンネリーゼを見つめてくる。お似合いのカップルというには、自分の美貌は足りていないと思うが、クレメンスの目には好みに見えているのかもしれない。

「今回は三日間、こっちにいられるんだ」

この上なく嬉しそうに言われると、アンネリーゼもつられて微笑んでしまう。

「そう。それはよかったわ。ちょっと私は慌ただしくしているかもしれないんだけど。

……そうだわ。……屋根に上がってみない?」

ちょうど、屋根の改築をするところだ。

以前、安全上の問題で屋根に上がるのを反対されたのを思い出して、提案してみた。

ぎょっとした顔をするクレメンスに、少し身を乗り出して説明する。

「大丈夫よ。落ちないの。紐をつけるから、安全だとあなたにわかってほしくて。それにね」

そっと手を伸ばし、クレメンスのてのひらを包みこむ。こんな形でのお願いに、クレメンスが弱いことを知っていた。

「何より眺めがよくて、最高なの。降り注ぐ光に、吹き寄せてくる爽やかな風。紅葉もとてもいいころだわ」

屋根からの眺めを想像して、アンネリーゼは目を細める。

クレメンスは悔しそうな顔をした。

「こんなふうに誘われると、僕が断れないってわかってるだろ」

「そうなの?」

「そうだよ。君のキラキラとした視線の先に何があるのか、一緒に眺めたくなる」

「だったら、屋根に上がってみる?」

微笑みながら誘うと、クレメンスはうなずいた。

「そうだな。遠くから君が屋根に上っているのを見てヒヤヒヤするより、近くで見たほうがマシかもしれない」

「マシどころじゃなくて、やみつきになるわよ」

そんなクレメンスとのやりとりが、アンネリーゼにとっては限りなく心地よい。結婚をすれば、自分は不自由になるのだと思っていた。だが、クレメンスといれば、逆に自分がより自由になっていけるような感覚さえある。

『私の夢はね。住み心地のいい家を造ること。それと、公共の建物を作ってみたいわ』

クレメンスと、少し前に交わした言葉を思い出した。

『公共の建物って、どんな？』

『人々が集まるところや、人々が使うところ。水道橋や、下水の設備。大浴場に、議事堂や、音楽ホール……』

大勢が集う施設の使い心地はまだまだいいとは言えない。国の発展に伴って、ますます必要になっていくことだろう。

――それと、……国の外を旅したいわ。

いろんな建物を見たい。

だけど、その夢はクレメンスといればかなえられる気がした。

――あなたが大好きよ。

クレメンスは、アンネリーゼにとって輝く存在だった。建築が大好きなのは、その調和が美しいからだ。そんなアンネリーゼの目に、クレメンスの姿は何よりまばゆく見える。容姿はもとより、その中身も大好きだ。

アンネリーゼは大好きな人といられるこの時間が何より大切だと思いながら、視線を離宮へと向ける。

美しく、堂々とした立派な建物。

自分も生きているうちに、このような建物を一から造ることができるだろうか。

「ねえ、アンネリーゼ」

クレメンスの、柔らかな声の響きを、ずっと聞いていたい。

「なぁに？」

こんなふうに、言葉を交わすのが好きだ。

「僕は高いところが苦手なんだよ」

「あら、だって、あなた、昔、木に……」

「君のことを思って、その後、一人で上ってたら、落ちてさ。それから――」

そんな驚く発言を、されたとしても。

あとがき

このたびは、ヴァニラ文庫さまにお世話になる運びとなり、この本を手に取っていただきまして、本当にありがとうございました。
担当さんといろいろ相談する中で「フェチもの」がいいのでは、ということになり、となれば、ヒーローが好きなのはヒロインちゃんの、とあるところ一択！　です。一択ってことはないですが、他にもいいところはいっぱいありますが、まず頭に浮かんでくるところとしては……!!（たぶんバレバレですが、ネタバレになるので、それが何かは、一応伏せておきます）
たわわちゃんとたわわじゃないちゃん、私はどっちも好きです。というか、女子は女子であるというだけで、とても尊いです。自分が若いころはそのあたりがまるでわかってなかったのですが、本当にみんな、輝いて見えるよ、という、女子とても可愛い派……！
でも若いころはいろいろと繊細ちゃんなので、たわわじゃないのを気にしているヒロインちゃんも可愛いなぁ。もうスケベ目で、ヒーローと一体化して、ヒロインを愛でてる気分です。たわわちゃんも、たわわじゃないちゃんも、本当にどっちも可愛いよ……！　という、たわわじゃないちゃんも可愛い話。全体的に揉むのもとても好きなのですが、前半はそれを封じられて、一点責めをするのもとても楽しかったです。

担当さんがプロットチェックバックをしたときに「だいたいこれでOKですが、ヒロインちゃんはとても敏感、ってことにしてくださいね」というお返事をいただいて「もちろんです！」と力一杯うなずいたのは、言うまでもありません……。たわわちゃんも、たわわじゃないちゃんも、どっちもそれは欠かせない。最初に触れたときから「きゃっ」ってほどの敏感さ。前半ピンポイントですが、たわわじゃないちゃんは標的を逃しにくいから、よろしいですね。アンネリーゼちゃんもちゃんとあるんです、柔らか部分が。ただ、周りがバイーンすぎるだけで！

というこのお話に、素敵なイラストをつけていただいた八千代ハルさま。本当にありがとうございました。アンネリーゼちゃんのくるくるの御髪が特に可愛く、ヒーローもヒロインも素敵&可愛らしくて、お話を彩ってくださっています。

何かとお世話になりました担当さまも、ありがとうございました。

読んでくださった皆様にも、心からの感謝とお礼を。またどこかで、お目にかかる機会がございましたら、これ以上に嬉しいことはありません。ありがとうございました。

花菱ななみ

憧れの王子に求婚されたので、(バレないように)婚前蜜月はじめます!? Vanilla文庫

2022年1月20日　第1刷発行　定価はカバーに表示してあります

著　者　花菱ななみ　©NANAMI HANABISHI 2022
装　画　八千代ハル
発行人　鈴木幸辰
発行所　株式会社ハーパーコリンズ・ジャパン
東京都千代田区大手町1-5-1
電話　03-6269-2883(営業)
0570-008091(読者サービス係)

印刷・製本　中央精版印刷株式会社

Printed in Japan ©K.K. HarperCollins Japan 2022 ISBN978-4-596-31786-5